SPAIN

사 진 으 로   보 는   스 페 인

남부 유럽에 위치한 스페인은 연간 5,000만 명의 관광
객이 다녀가는 세계적인 관광 국가야. 이슬람과 유럽의
양식이 함께 스며든 독특한 고성에서부터 고대 로마의
유적, 지중해의 맑고 푸른 해변까지 다양한 볼거리들이
넘치지. 자, 본격적인 이야기에 앞서 스페인의 그림 같은
도시들을 먼저 탐험해 볼까? 스페인의 정취와 더불어 남
유럽의 낭만을 흠뻑 느껴 보라고!

KB191774

스페인 중앙부
마드리드, 세고비아

1 마요르 광장의 거리 공연. 마드리드 중심가에 위치한 마요르 광장에서는 소규모의 벼룩시장과 시민들의 자발적인 거리공연들이 상시로 펼쳐지지!

2 세고비아의 로마 수도교. 세고비아 시내에서 15km 떨어져 있는 아세베다 강의 풍부한 수자원을 활용하기 위해 기원전 1세기 전후에 로마인들이 세웠어. 1906년까지도 이 수로를 통해 세고비아에 물이 공급되었다고 하니, 로마인들의 기술력이 새삼 놀라울 따름!

3 스페인 최대의 벼룩시장, '엘라스트로'. 알짜배기 풍물시장으로 유명해. 매주 일요일, 장이 열릴 때면 스페인 사람들뿐만 아니라, 관광객들까지 한데 모여 인산인해를 이룬다고 해. 소매치기를 각별히 조심해야 한다고.

4 마드리드, 스페인 국왕의 공식 거처 팔라시오 레알. 2,800여 개의 방이 존재하는 대궁으로, 왕궁임에도 불구하고 거의 항상 시민들에게 개방되어 있어. 팔라시오 레알은 상징적인 의미가 큰 장소로 공식적인 행사에만 이용되고 국왕의 실제 거처는 다른 곳에 있다고 해.

5 마드리드 마요르 광장. 펠리프 3세에 의해 건축된 광장으로, 국왕의 취임식, 국가적인 종교의식들이 이루어지는 장소였어. 현재는 시민들의 자유로운 휴식 공간으로 활용되고 있어.

6 마드리드. 팔라시오 레알을 지키는 근위병들. 버킹엄 궁의 근위병들과는 분위기가 사뭇 다르지?

7 세고비아 알카사르. 알카사르는 아랍어에서 유래한
  스페인어로, '성'을 뜻하는 용어야. 무적함대로 잘 알
  려진 펠리페 2세가 결혼한 곳이기도 하지.
8 마요르 광장의 거리 인형극.

안달루시아 지방
세비야, 코르도바, 론다, 그라나다

1 세비야 대성당. 세비야는 로마 시대에 지역 거점으로 번성했으며, 15세기 무렵에는 신대륙 무역의 본거지로도 크게 번성했어. 스페인 최대의 성당인 세비야 대성당도 이 무렵에 건축되었지. 유럽에 있는 성당 중 세 번째로 큰 성당으로, 유네스코의 세계문화유산에 등재되었으며 페르난도 왕의 유해가 안치되어 있는 곳이기도 해.

2 중세의 풍경을 그대로 간직하고 있는 코르도바의 거리.

3 코르도바 메스키타 내부. 메스키타는 남북 180m, 동서 130m에 이르는 거대한 규모의 이슬람 사원으로 안달루시아 지방이 이슬람 지배 하에 놓여 있던 중세 시절에 건축된 건물이야. 사진에 보이는 저 붉고 하얀 기둥들은 모두 화강암과 대리석들로 이루어져 있어. 저런 기둥이 무려 850여 개에 달한다고 하니, 미궁이 따로 없지?

4 세비야의 투우 경기장. 시간 약속이 잘 지켜지지 않기로 유명한 스페인이지만, 투우 경기만큼은 정시에 정확하게 열린다고 하니 스페인 사람들이 투우에 얼마나 열광하는지 짐작이 가지?

5 알람브라 궁전 아라야네스 안뜰.

6 그라나다의 알람브라 궁전 전경. 알람브라 궁전은 섬세한 장식과 화려한 기하학 무늬 등 중세 이슬람 예술의 극치를 보여 주는 건물로 잘 알려져 있어. 레콩키스타로 스페인의 수중에 들어온 이후에도 전혀 파괴되지 않고 그대로 보존되었다고 해.

7 그라나다 길거리의 주단 상점. 800여 년간 이슬람 왕조의 지배를 받았던 그라나다 시에서는 지금도 아랍풍의 모직과 주단, 악세서리 가게 등을 쉽게 찾아볼 수 있어.

8 세비야 시내의 오렌지 나무. 유럽 최남단에 위치한 스페인은 해양성 기후와 대륙성 기후, 지중해성 기후가 모두 나타나는 독특한 기후를 지니고 있어. 일조량이 풍부해 어디를 가나 오렌지 나무를 흔히 볼 수 있지.

9 세비야의 거리 풍경. 알록달록한 건물들 아래, 굳게 닫힌 가게들을 보아하니 아마도 시에스타 시간인 듯하지? 지방마다 색깔이 다르고, 제각각 독자성이 강한 스페인 사람들이라지만 시에스타 시간만큼은 모두가 하나라구~.

10 여성적인 맵시와 색감이 도드라지는 플라멩코 복장들. 안달루시아 지방은 플라멩코의 기원지로도 유명한 곳이야. 도시 곳곳에서 집시 복장과 비슷한 플라멩코 의상들을 흔히 볼 수 있어.

11 플라멩코를 즐기는 코르도바 시민들. 플라멩코는 15세기 무렵 안달루시아 지방에 안착한 집시들에게서 기원했지만, 현대에는 스페인 사람이면 누구나 즐기는 대중적인 춤으로 발전했어. 자유와 방랑을 상징하는 집시들의 애환이 잘 스며들어 있는 춤으로, 기타 반주에 맞춰 추는 힘찬 발동작이 특징이지!

12 협곡 위의 도시 론다. 론다는 안달루시아 내륙 지방에 위치한 작은 도시로, 절벽 위에 세워진 고풍스러운 건물과 절경들로 관광객들의 발길을 사로잡는 곳이야. 투우의 본고장으로도 유명하지.

바르셀로나, 타라고나, 시체스, 부뇰

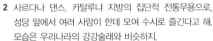

1 카사 밀라. 1910년 바르셀로나 시의 신도시 계획에 맞춰 세워진 연립주택으로 가우디에 의해 설계되었어. 가우디 특유의 역동적인 곡선과 생동감이 돋보이는 건물로 성 가족 대성당과 함께 가우디의 대표작 중 하나로 손꼽히 지. 주거지로서는 드물게 유네스코의 세계문화유산으로 지정된 건물이야.

2 사르다나 댄스. 카탈루냐 지방의 집단적 전통무용으로, 성당 앞에서 여러 사람이 한데 모여 수시로 즐긴다고 해. 모습은 우리나라의 강강술래와 비슷하지.

3 타라고나는 바르셀로나 근교에 위치한 도시로 고대 로마 시절 타라코넨시스 주의 주도로 번성한 곳이야. 시내 곳 곳에 사진에 보이는 원형 경기장과 같은 고대 로마의 유 적이 많이 남아 있어.

4 바르셀로나 람블라 거리. 예술의 거리라는 별칭답게 소 소한 거리 공연과 전시, 아기자기한 풍물 시장, 키스하는 연인들까지 온갖 낭만적인 풍경들을 매일 같이 목격할 수 있는 곳이야.

5 타라고나의 골목길. 타라고나는 카탈루냐 지방의 색채를 오롯이 느낄 수 있는 도시 중 하나이기도 해. 건물 곳곳 에 걸려 있는 깃발은 카탈루냐 지방의 고유 표식이야.

6 스페인의 대표적인 휴양 도시 시체스의 해변가. 바르셀 로나에서 타라고나에 이르는 약 100km의 해안을 황금 해안이라 일컫는데 그 중심지가 바로 시체스야.

7 바르셀로나를 대표하는 건축물인 성가족(사그라다 파밀 리아) 대성당. 가우디의 여러 작품 중에서도 최고로 손꼽 히는 걸작이지만, 아쉽게도 그는 성당의 완공을 보지 못 하고 생을 마쳤어. 가우디 사후, 후손들에 의해 지금도 건축이 계속되고 있다고 해.

8 바르셀로나의 항구 풍경. 바르셀로나는 남유럽을 대표하 는 미항으로, 우리에겐 세계적인 건축가 가우디와 제25 회 올림픽 개최지로 잘 알려져 있지.

9 바르셀로나의 하몽 가게. 하몽은 아기 돼지 뒷다리를 통 째로 건조시켜 만든 음식으로, 얇게 저며서 여러 음식에 곁들여 먹는다고 해.

10 람블라 거리의 거리 예술가들. 동전을 던져 주면, 더욱더 다양한 포즈를 취해 준다고~.

11 매년 8월 마지막 주에 열리는 토마토 축제 '라 토마티나'. 발렌시아 인근의 부뇰이라는 작은 도시에서 펼쳐지는 축제로, 스페인에서 연중 펼쳐지는 축제 중에서도 가장 유명세를 떨치는 축제야. 1944년 토마토 값 폭락에 항의 하던 군중들이 시의원들에게 토마토 세례를 퍼부은 데에서 유래했다고. 너 나 구분 없이 토마토를 마구 던져 대는 게 묘미!

사진 제공 | 김민지 김혜숙 주은정

노빈손의 올레올레 스페인 탐험기

노빈손의
올레올레 스페인 탐험기

초판 1쇄 펴냄 2009년 11월 30일
    8쇄 펴냄 2021년 7월 23일

지은이 장은선
일러스트 이우일

펴낸이 고영은 박미숙
펴낸곳 뜨인돌출판(주) | 출판등록 1994.10.11.(제406-251002011000185호)
주소 10881 경기도 파주시 회동길 337-9
홈페이지 www.ddstone.com | 블로그 blog.naver.com/ddstone1994
페이스북 www.facebook.com/ddstone1994 | 인스타그램 @ddstone_books
대표전화 02-337-5252 | 팩스 031-947-5868

ISBN 978-89-5807-271-3 03810

어린이제품안전특별법에 의한 제품표시
제조자명 뜨인돌출판(주) **제조국명** 대한민국 **사용연령** 10세 이상

신나는 노빈손 세계 역사탐험 시리즈 7

노빈손의 **올레올레 스페인 탐험기**

장은선 지음
이우일 일러스트

자, 떠나 볼까?

뜨인돌

내가 노빈손과 알게 된 것은 2년 반 전, 어느 더운 여름날이었지. 빈손이는 자기가 무인도에 떨어졌던 날도 이렇게 더웠다며 신세 한탄을 빙자한 무용담을 늘어놓기 시작했어. 난 그저 부러운 눈으로 빈손이를 바라보기만 했지. 어느 누가 노빈손처럼 세계 방방곡곡을 다니며 모험을 즐길 수 있겠어? 도대체 어떤 행운의 별 아래에서 태어났기에.

그런데 말야, 얘기를 듣다 보니 뭔가 이상한 점을 느꼈어. 아니 글쎄, 우리 빈손이가 아직 스페인에 가 보지 못했다는 거야! 역전의 기회를 잡은 나는 신이 나서 빈손이에게 스페인에 대해서 떠들어 댔지. 눈이 멀어 버릴 것처럼 아름다운 알람브라 궁전, 돈 키호테가 달렸다는 카스티야의 평원, 황홀하리만큼 매혹적인 플라멩코 춤. 입가를 실룩이며 내 말을 듣고 있던 빈손이가 '하루에 다섯 번 식사하는 나라' 라는 말에 눈을 빛내는 것을, 나는 똑똑히 보았어. 분명 빈손이가 다음 목적지로 스페인을 선택할 것이라 확신했지.

정열과 태양의 나라, 스페인.

아름다운 플라멩코 댄서와 늠름한 투우사가 사랑에 빠지고, 화려한 피에스타가 날마다 펼쳐지며, 유럽 같지 않은 이국적인 문화로 여행객들의 마음을 홀라당 사로잡는 땅.

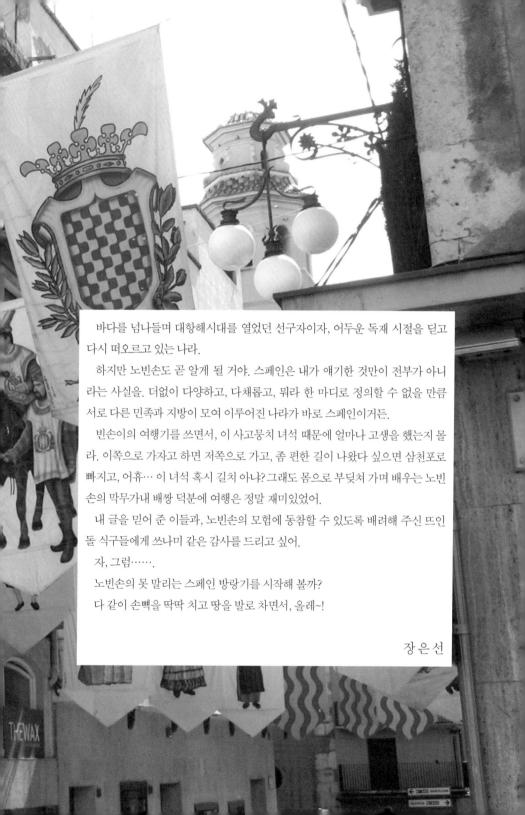

바다를 넘나들며 대항해시대를 열었던 선구자이자, 어두운 독재 시절을 딛고 다시 떠오르고 있는 나라.

하지만 노빈손도 곧 알게 될 거야. 스페인은 내가 얘기한 것만이 전부가 아니라는 사실을. 더없이 다양하고, 다채롭고, 뭐라 한 마디로 정의할 수 없을 만큼 서로 다른 민족과 지방이 모여 이루어진 나라가 바로 스페인이거든.

빈손이의 여행기를 쓰면서, 이 사고뭉치 녀석 때문에 얼마나 고생을 했는지 몰라. 이쪽으로 가자고 하면 저쪽으로 가고, 좀 편한 길이 나왔다 싶으면 삼천포로 빠지고, 어휴… 이 녀석 혹시 길치 아냐? 그래도 몸으로 부딪쳐 가며 배우는 노빈손의 막무가내 배짱 덕분에 여행은 정말 재미있었어.

내 글을 믿어 준 이들과, 노빈손의 모험에 동참할 수 있도록 배려해 주신 뜨인돌 식구들에게 쓰나미 같은 감사를 드리고 싶어.

자, 그럼…….

노빈손의 못 말리는 스페인 방랑기를 시작해 볼까?

다 같이 손뼉을 딱딱 치고 땅을 발로 차면서, 올레~!

장은선

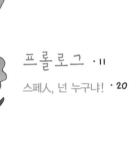

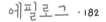

등장인물

노빈손

중세 스페인으로 떨어진 노빈손. 이사벨 공주와 만나 순식간에 기사가 되는 등 벼락출세를 하지만 앞날은 가시밭길! 사랑의 메신저에서 집시 여행길까지, 눈앞에 떨어지는 임무는 억세기만 하다. 그러나 정의와 약자를 지키는 것이 바로 기사된 달려라 노빈손 경, 스페인의 통일이 이루어지는 그날까지!

이사벨

카스티야의 공주이자 여왕. 얼핏 보기엔 얌전한 숙녀처럼 보이지만, 이거다 싶으면 누가 말리건 저지르고야 마는 천방지축이다. 페르난도와 결혼하기 위해 궁에서 탈출하질 않나, 집시로 변장해서 그라나다에 숨어들지를 않나. 갖은 소동을 일으켜서 보좌역인 노빈손이 머리를 쥐어뜯게 만든다. 결혼한 이후로는 아줌마라는 말을 가장 듣기 싫어한다.

프랑코

엔리케 왕의 수하. 이사벨 공주를 붙잡아오라는 명령을 받았으나 노빈손 때문에 번번이 실패한다. 결국 임무를 수행하지 못하고 기사직에서 잘린 뒤, 노숙자 신세가 되어 나락으로 한없이 굴러 떨어지던 그에게 드디어 역전의 기회가 오는데……. 과연 프랑코는 노빈손에게 한방 먹일 수 있을 것인가?

돈 키호테

바람 불면 날아갈 몸매와 '내일 모레' 하는 연세를 갖춘 카스티야의 기사. 그러나 마음만은 청춘! 정의를 위해서라면 목숨을 걸고 싸울 각오가 되어 있다. 세상에서 가장 아름답다는 '둘시네아 공주'를 영혼의 숙녀로 모시고 있지만, 사실 그녀의 정체는……. 의욕은 넘치는데 허리가 안 따라 주는 것이 요새 고민거리다.

페르난도

아라곤의 왕위후계자. 후에 왕으로 즉위한다. 이사벨을 사랑하여 적국의 국경까지 넘었지만, 세상 물정을 잘 모르다 보니 영 변장이 서투른 덜렁이 왕자님. 그라나다 탈환 작전에서 이사벨이 노빈손만 데리고 떠나 버리는 바람에 등장 횟수가 적어진 것이 불만이라고 한다.

크리스토발 콜론

'세계의 끝'인 대서양 너머에 인도 대륙이 있다고 굳게 믿는 모험가. 자신의 모험을 지원해 줄 투자자를 찾기 위해 여행하고 있지만 만나는 족족 차인다. 여인들을 꼬셔서 자신의 포부를 늘어놓는 것이 유일한 낙이지만, 촐랑거리는 노빈손 때문에 그마저도 실패한다. 참고로 여자 꼬시는 비결은 달걀 세우기와 느끼한 언변.

피카쇼

세상에 길이 남을 걸작을 그리는 것이 꿈인 거리의 화가. 노빈손의 외모를 처음 본 순간, 마치 사랑에 빠진 듯한 충격과 영감을 받았다고 한다. 노빈손을 모델로 삼아 이상적인 인간상을 그려 내어 자신의 예술 세계를 펼치겠다는데, 과연 가능할까?

보압딜

그라나다 왕국의 술탄 (무함마드 12세)이었지만, 전쟁 발발이라는 긴급 상황과 나약한 성격 때문에 왕위에서 밀려났다. 소심하고 겁이 많은 데다 잘 속는다. 노빈손의 말솜씨에 홀려 카스티야-아라곤 군대와 화평을 맺으려 하지만……?

엘 사갈

그라나다 왕국을 지키는 장군이자 술탄. 무함마드 13세로도 불린다. 카스티야-아라곤을 마지막까지 적대시하며, 냉혹하지만 정확한 판단력을 갖추고 있다. 노빈손의 속임수에도 속지 않고, 오히려 노빈손과 이사벨을 함정으로 유인한다.

일 러 두 기

스페인어의 자음 발음은 본래 된소리에 가까우나,
이 책에서는 국립국어원의 외래어표기법을 기준으로 표기하였습니다.
예) 세뇨리따 → 세뇨리타, 빠에야 → 파에야
    끄리스또발 꼴론 → 크리스토발 콜론

프롤로그

"꺼~~~억!"

노빈손은 행복한 표정으로 거하게 트림을 하며 볼록 부풀어 오른 배를 두드렸다. 여행의 즐거움엔 여러 가지가 있지만, 각 나라의 맛있는 요리를 먹는 즐거움보다 더한 것이 있을까? 더군다나 하루에 다섯 끼를 먹는 나라라면, 노빈손에게 있어 천국과도 같은 곳임에 틀림없다.

그렇다. 노빈손은 태양과 열정과 미식의 나라, 스페인에서 배낭여행을 즐기는 중이었다. 그리고 지금은 여행서에 나와 있는 이 지방 최고의 맛집을 습격하여 점심 식사를 두 시간 동안이나 즐긴 참이다. 하몽, 초리소, 파에야, 타파스. 스페인식 런치 풀코스가 순식간에 노빈손의 뱃속으로 사라졌다. 하지만 과연 끼니를 다섯 번이나 먹는 나라의 국민답게, 주방장은 놀라지도 않고 흐뭇하게 웃으면서 노빈손을 바라볼 뿐이었다.

웨이터가 노빈손을 향해 걸어와 정중하게 말을 꺼냈다.

"죄송합니다. 손님. 지금부터 시에스타 시간이라 가게 문을 닫으려고 하는데요."

"엥? 시에스타? 그게 뭔데요?"

어리둥절한 눈빛으로 쳐다보는 노빈손에게 웨이터가 친절하게 설명을 계속했다.

"점심을 먹고 난 후 잠시 즐기는 낮잠 시간입니다. 이 시간에는 스페인의 가게 대부분이 문을 닫고 쉰답니다."

"헉! 그게 정말이에요?"

노빈손의 눈이 휘둥그레졌다. 밥을 먹은 직후에 드러누우면 소가 된다고 귀가 따갑도록 말씀하시던 엄마가 생각났다. 그런데 이 나라에서는 점심 후에 낮잠을 잔다고? 그것도 전 국민이? 노빈손은 두 팔을 번쩍 치켜들면서 만세를 불렀다.

"으하하하, 이거 지상낙원이 따로 없구나! 내가 왜 진작 스페인에 오지 않았던가!"

배낭을 등에 메고 콧노래를 부르며 밖으로 나선 노빈손은 주위를 휘휘 둘러보았다. 온통 하얗게 칠해진 회벽 담장 끝, 커다란 오렌지 나무 아래 벤치가 하나 보였다. 그리로 달려간 노빈손은 벤치에 가방을 던지고 그 위에 털썩 드러누웠다. 날씨가 좀 덥기는 했지만 노빈손이 누군가. 머리만 대면 3초 내로 꿈나라에 갈 수 있는 재주를 가진 대한남아가 아니던가. 게다가 배까지 부르니 더 바랄

것이 없었다.

"아아~ 사랑해요, 스페인. 음냐 음냐……."

순식간에 노빈손은 스페인의 미식들이 다 같이 플라멩코를 추는 행복한 꿈속으로 빠져들어 갔다.

"아~함. 쩝."

얼마나 잤을까. 문득 눈이 떠졌다. 노빈손은 아직 잠이 덜 깬 눈을 두어 번 힘없이 끔벅거렸다. 한 번, 두 번, 그리고 벌떡! 심장이 떨어질 만큼 놀란 노빈손은 빛의 속도로 몸을 일으켰다.

"으헉?"

눈앞에 보이는 건 스페인의 푸른 하늘이 아니라, 처음 보는 낯선 천장이었던 것이다. 어딘지는 모르지만 분명 노빈손이 처음 잠들었던 벤치는 아니었다.

"아니, 여기가 어디야?"

손끝으로 까끌거리는 아마포의 감촉이 느껴졌다. 그제야 자신이 침대 위에 누워 있음을 깨달은 노빈손은 한층 더 당황했다. 그러나 진짜 놀랄 만한 일은 따로 있었다.

왠지 모를 허전함을 느낀 노빈손은 불길한 예감을 애써 억누르며 자신의 몸을 내려다보았다. 그랬더니…….

"히에에에엑?"

그렇다. 노빈손은 실오라기 하나 걸치지 않은 알몸 상태로 아마포 위에 얌전히 놓여 있었다. 혼이 쏙 빠져나갈 만큼 놀란 노빈손은 침대에서 튕겨지듯 일어나 두 손으로 몸을 가리고 주위를 살폈다. 옷장, 침대, 나무문. 다행히도 인기척은 느껴지지 않았다. 지금 방 안에는 노빈손 혼자밖에 없는 모양이었다. 휴우, 그나마 다행!

그러나 노빈손이 안도의 한숨을 내쉬기가 무섭게, 콩콩 방문을 두드리는 소리와 함께 낯선 여자의 음성이 들려왔다.

"공주님! 아직도 준비가 안 되셨어요? 서두르시지 않으면 늦어요! 포르투갈 왕이 본성에 도착할 시간이 다 되었다고요."

흐액? 이건 또 무슨 소리야? 노빈손은 번개같이 달려가 방문을 잠갔다. 문밖에서 노크하던 사람이 의아한 듯 물었다.

"공주님……? 무슨 일 있으세요?"

"아… 아니……. 조금 기다리도록 하여라."

혼란에 빠진 노빈손은 저도 모르게 한껏 간드러지는 목소리를 내어 문밖에 대고 대답했다. 그러면서도 눈은 이리저리 방 안을 훑느라 정신이 없었다. 하지만 아무리 다시 보아도 역시 방에는 자신뿐이었다. 그것도 알몸으로! 문밖 목소리의 주인이 찾는 '이사벨 공주'라는 사람은 흔적조차 보이지 않았다.

이거이거, 오해받기 딱 좋은 시추에이션 같은데? 어떡하지? 어쩌면 좋지?

"공주님? 문 빨리 안 여세요? 이런 식으로 포르투갈 왕과 결혼하기 싫다고 떼를 써 봤자 소용없다는 걸 잘 아시잖아요! 문을 통째로 때려 부수기 전에 얌전히 나오세요! 경비병! 거기 경비병 없어요?"

쾅쾅쾅쾅, 밖에서는 점점 더 독촉하는 소리가 커지고 있었다. 달

려오는 발소리, 웅성대는 목소리. 조금만 더 지체하면 문을 때려 부
수고 들어올 태세였다. 혼란을 넘어 혼비백산이 된 노빈손은 어쩔
줄 몰라 하며 방 안을 팔짝팔짝 뛰어다녔다.

　그러던 노빈손의 눈에, 한쪽 구석에 얌전히 걸려 있는 화려한 드
레스와 베일이 들어왔다. 아무래도 이 방 주인의 예복인 듯했다. 그
‘이사벨 공주’ 라는 사람의 것인가?

노빈손은 이를 악물었다.

좋아, 이렇게 된 이상…….

쾅! 쾅!

허풍이 아니었다. 정말로 문을 부수고 있는지, 밖에서 엄청난 소음이 울려 퍼졌다. 오래 가지 않아 나무문은 육중한 몸을 몇 번 떨더니 커다란 소리를 내며 안으로 쓰러졌다. 쿠당탕! 목청껏 공주를 부르던 하녀와 시종들이 우르르 밀어닥쳤다.

그들 눈에, 방 한복판에 서 있는 예복 드레스의 뒷모습이 들어왔다. 드레스 차림의 그녀는 헛기침을 하면서 시종들을 향해 살짝 몸을 돌렸다. 한껏 교태 부린 목소리가 얼굴을 가린 베일 사이로 새어 나왔다.

"무례하구나. 내 기다리라 말했거늘!"

그녀(?)와 시종들 사이에 잠시 침묵이 흘렀다. 그러나 그것도 잠시, 시종들이 일제히 비명을 올리며 펄쩍 뛰었다.

"으아아악! 공주님 방에 웬 변태가!"

"이런, 내 이럴 줄 알았어!"

0.1초도 못 버티고 정체를 들킨 노빈손은 치마폭을 걷어 올리며 출구를 향해 질주하…려 했다. 그러나 그곳에는 방금 문을 부순 병사가 도끼를 든 채 엉거주춤 서 있었다. 오금이 저린 노빈손은 그만 멈춰 섰고, 순식간에

스페인? 에스파냐? 정답은 어느 쪽?

에스파냐는 스페인식 이름, 스페인은 영어식 이름이다. '한국'과 '코리아'의 차이를 생각해 보면 이해될 것이다. 스페인어로 '에스파냐'를 발음하면 강세가 뒤에 오기 때문에 맨 앞의 E(에) 부분이 약하게 발음된다. 그 때문에 E가 탈락하면서, 해외로부터 '스페인'이라고 불리게 되었다고 한다. 국가의 정식 명칭은 '레이나 데 에스파냐'.

16

시종들에게 포위당했다.

"넌 누구냐? 공주님을 어떻게 했지?"

"모… 몰라요. 소녀는 아무것도 모르옵니다."

"크악! 여자 목소리 내지 마!"

'아차, 들켰었지.'

그제야 조금 정신이 든 노빈손은 입을 꾸욱 다물었다. 당황한 시종들은 우왕좌왕하며 떠들어 댔다.

"공주님은 어디 계신 거지?"

"정말로 도망치신 거 아냐? 빨리 찾아야 해!"

탁탁탁탁, 누군가가 황급하게 달려오는 소리가 들렸다. 이윽고 콧수염을 기른 기사 한 명과 다른 경비병들이 방 앞에 모습을 나타냈다. 콧수염의 기사가 소리를 빽 질렀다.

"이런 바보 같은 것들! 절대 눈을 떼지 말라고 내 누이이 경고했지 않느냐!"

"프랑코 나리!"

시종들이 기겁을 하며 엎드렸다. 프랑코라고 불린 사내가 매섭게 눈꼬리를 추켜올렸다.

"멀리는 못 갔을 거다! 아직 성 안에 있을 테니 샅샅이 수색해! 개미 새끼 한 마리 놓치지 마라!"

허둥대던 사람들은 복도로 뛰어나갔다.

이래 봬도 10대 산업국

스페인은 고유 에너지 자원이 적음에도 불구하고, 산업 경제발전이 1960년대부터 본격화된 덕에 지금은 세계 10대 산업국에 속한다. 스페인 경제의 근간이 되는 것은 농업이며, 250만 명 정도가 농업에 종사하고 있다. 그러나 가장 수익성이 높은 국가산업은 바로 관광업. 매년 5천만 명 이상이 스페인을 방문한다. 오래된 스페인의 도시들은 그 자체로 박물관이기 때문이다.

프랑코의 매서운 눈초리가 노빈손에게 꽂혔다.

"네놈, 감히 이사벨 공주의 탈주를 돕다니. 네가 무슨 죄를 저질렀는지 알기나 하느냐? 공주는 어디 있지?"

뭐야, 이 사람? 공주라면 자신의 위일 텐데, '님' 자도 안 붙이고 아무렇게나 막 부르네?

예상했던 것보다 분위기가 험악한 걸 깨달은 노빈손이 조금 떨리는 목소리로 대답했다.

"정말 아무것도 모릅니다. 이사벨 공주라니요! 누군지도 모르고, 본 적도 없습니다."

"거짓말이 서투르군. 이 카스티야-레온 왕국의 제1왕위계승자인 이사벨 공주를 모른다고?"

헉! 카스티야라면 스페인이 생기기도 전 이베리아 반도에 있었던 중세 왕국이잖아! 내가 또 시간을 거슬러 올라왔구나!

프랑코가 입을 쩍 벌린 노빈손을 내려다보며 중얼거렸다.

"하긴, 공주도 생각이 있다면 바꿔치기로 남긴 아랫것에게 자신의 신상 정보를 얘기하진 않았겠지."

"그렇죠, 그러믄요. 전 아무 상관도 없다니까요."

비굴하게 헤헤거리는 노빈손을 외면한 채, 프랑코는 청천벽력 같은 한 마디를 던졌다.

카스티야 왕국의 탄생

카스티야는 원래 아스투리아스-레온 왕국의 백작령이었으나, 레온 왕국으로부터 독립하면서 세력이 급속히 커졌다. 반도 중앙에 위치한 카스티야 왕국은 아라곤 백작령, 레온 왕국, 알 안달루스와 국경을 맞대고 있었다. 이것은 각 나라의 진취적이고 개혁적인 세력들이 모이기에 좋은 조건이기도 했다.

"이놈을 끌고 가라! 지하 감방에 넣어 둬!"

"네? 잠깐만요, 전 정말 억울하다고요!"

노빈손은 애타게 외쳤지만, 우악스런 경비병의 팔에 붙잡혀 질질 끌려 나갈 수밖에 없었다.

스페人, 넌 누구냐!

부에노스 디아스! 헤헤, 이건 '안녕하세요!'라는 뜻의 스페인 인사야. '올레!'만 알던 친구들은 잘 기억해 두도록 해. 스페인 하면 떠오르는 것이 뭐가 있을까? 올레? 투우? 플라멩코? 스페인어 학원? 여러 가지가 있겠지. 하지만 우선 스페인이 어디 있는 나라인지부터 시작하자고.

스페人 외양 견적 내기

지도에서 유럽과 아프리카 사이를 잘 봐. 사람의 주먹처럼 생긴 땅덩어리가 튀어나와 있지? 그게 바로 스페인과 포르투갈이 자리 잡고 있는 '이베리아 반도'야. 그 주먹의 팔목 부분에 가로놓인 피레네 산맥이 프랑스와 스페인을 갈라놓고 있지.

보면 알겠지만, 스페인은 서유럽과 아랍(북아프리카), 지중해와 대서양의 교차점에 있는 나라야. 그러한 지역적 특성 덕분에 스페인은 유럽과 아랍 양쪽의 영향을 받아 독특한 문화를 갖게 되었어. 마치

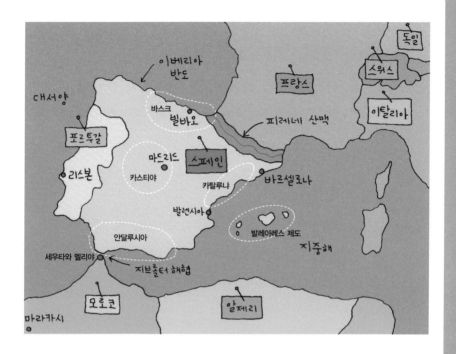

유럽 엄마와 아랍 아빠 사이에 태어난 혼혈 같다고나 할까?

가령 남부의 안달루시아 지방은 800년 동안이나 아랍의 이슬람교도들에게 지배를 받았기 때문에 유럽과는 달리 독특한 분위기를 풍긴단다. 정열적인 플라멩코, 투우 등이 이곳의 산물이지. 반대로 피레네 산맥과 지중해 사이에 있는 카탈루냐 지방은 프랑스와 가까운 만큼 '서유럽적인 스페인'을 보여 주고 있어.

또, 이베리아 반도의 중심에 놓인 황야, 카스티야를 잊어서는 안돼. 이곳이 바로 엉터리 기사 돈 키호테의 고향이자, 스페인을 통일한 왕국의 근거지이거든! 지금 우리가 알고 있는 근대 스페인어도 카스티야어에 기반하고 있단다.

아참! 스페인은 지방마다 색깔이 다르다 못해 심지어 언어도 여러 가지야. 가령 카탈루냐 지방에서는 스페인어 외에도 카탈루냐어를 쓰고 있거든. 바스크 지방도 바스크어를 사용한단다. 한 나라인데 말이 여러 개라니, 상상하기 어려운 일이지? 그런데 그것이 실제로 일어나고 있다구.

스페人 체형 정밀 분석

스페인의 수도는 국토 중앙에 위치한 마드리드야. 펠리페 2세 때 이곳에 왕궁이 세워지면서 자연스럽게 천도가 이루어졌지. 이후 마드리드는 줄곧 스페인의 중심지였단다.

인구는 4천6백만 명 이상이래. 우리나라랑 비슷하지? 하지만 땅은 남북한을 합한 것보다 2배 이상 커. 이베리아 반도의 스페인, 지중해의 발레아레스 제도, 대서양의 카나리아 제도, 북아프리카에 있는 세우타와 멜리야를 포함하여 총 505,957km²의 면적이 모두 스페인 땅이거든. 세계에서 51번째로 넓은 땅을 가지고 있는 나라이기도 해.

땅이 넓은 만큼 날씨도 지방에 따라서 제각각이야. 흔히 우리는 스페인 하면 뜨거운 태양을 떠올리지만, 모든 지방이 그런 것은 아니거든. 예를 들어 갈리시아 지방은 연교차가 적고 습기가 많은, 마치 영국 같은 날씨를 보여 주지.

뭐 그래도 스페인의 지역 중 많은 곳이 쨍쨍한 것만은 틀림없는 사실이야. 스페인 가운데 토막인 내륙 지방은 맑은 날이 대부분이고 비도 잘 안 와. 낮엔 덥고 밤엔 춥지. 이런 지역에서 돈 키호테가 밤

잠을 설치며 돌아다녔다 이 말씀이야.

　반면 안달루시아 및 카탈루냐 같은 해안 지방은, 지중해와 맞대고 있는 만큼 바다의 영향을 많이 받지. 여름은 덥고 건조하고, 겨울은 따뜻하고 비 내리고. 올리브나 오렌지, 포도 같은 나무 위주의 농업이 많아. 또 날씨가 좋으니까 바다에 휴양 오는 손님도 많고.

　스페인은 가지각색의 색유리로 장식된 화려한 모자이크 같은 나라야. 이러한 문화의 다원성이 스페인을 매력적이면서도 자유로운 나라로 만드는 게 아닐까?

스페人 신상 정보 한눈에 살피기

생년월일 B.C. 5000년경

출생지 이베리아 반도

신장 사이즈(면적) 505,957km²

몸무게 비밀

심장부(수도) 마드리드

기질 매사에 화끈하고 뜨거움.
　　　여름 한낮에는 이따금 체온(기온)이 40도에 달하는 경우도 있음.

취미 대낮에 투우하기, 야밤에 플라멩코 추기

특기 허세 부리기, 낮잠 자기

자주 하는 말 올래!(안녕!) 케파소?(잘 지냈어?) 올레!(좋아!)

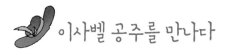# 이사벨 공주를 만나다

"들어가!"

"어이쿠!"

퀴퀴한 비린내가 나고, 어두컴컴해서 아무것도 보이지 않는 지하 감방. 경비병은 그 안에 노빈손을 내던지고는 문을 잠갔다. 뚜벅뚜벅 멀어져 가는 발소리를 들으면서, 절망한 노빈손은 바닥을 데굴데굴 구르며 몇 안 되는 머리카락을 쥐어뜯었다.

"이게 뭐야! 아직 스페인에서 한 끼밖에 안 먹었는데, 여행 시작부터 왜 이렇게 꼬이는 거냐고! 아악!"

풀을 먹인 새 드레스가 노빈손의 세찬 몸부림에 눌려 버석거렸다.

그때였다.

"잠깐, 거기 너!"

갑작스런 사람 목소리에 깜짝 놀란 노빈손이 뒤를 돌아보았다. 혼자인 줄 알았는데 어두워 잘 보이지 않는 감방 구석에서 웬 앙칼진 외침이 들려왔던 것이다. 웅크린 채 어둠 속에 숨어 있던 작은 그림자가 벌떡 일어서더니 쏜살같이 달려와 노빈손의 드레스 자락을 움켜잡았다.

"꺄악! 이게 무슨 참변이냐! 내 드레스가

이사벨 1세

카스티야 연합왕국의 여왕(1451 ~1504년). 어릴 적에는 이복 오빠인 엔리케 4세에 의해 가족 모두 유배 생활을 했다. 이후 엔리케 왕 몰래 아라곤 연합왕국의 페르난도 왕자와 결혼하고, 엔리케 왕이 죽은 후 카스티야의 왕위에 오른다. 무어인들의 그라나다 왕국을 정벌하여 반도 통일을 완성하고, 콜럼버스를 지원하여 신대륙을 찾아내는 등 사내들에게 지지 않는 여장부였다고 한다.

26

완전 걸레 꼴이잖아! 이 무슨 극악무도한!"

"에⋯⋯?"

어리둥절해하는 노빈손을 향해 그 사람이 휙 고개를 들었다. 어두
웠지만, 거리가 가까워진 덕에 상대의 모습이 희끄무레하게 보였다.
눈앞에 있는 것은 노빈손보다 조금 나이가 어릴 것 같은 소녀였다.
소녀가 화난 눈초리로 노빈손을 노려보았다.

"넌 누구냐? 왜 이 드레스를 입고 있는 거지?"

"네? 이건 그냥 방에서 주워 입은……."

더듬더듬 대답하던 노빈손이 헉 숨을 들이마셨다.

"잠깐! 그럼 설마 댁이 이사벨 공주?"

소녀, 아니 이사벨 공주는 도도한 태도로 턱을 치켜들며 팔짱을 끼었다.

"그렇다. 자, 내 예복을 멋대로 입은 데다 걸레로 만들어 놓은 이유를 설명해 주실까? 납득할 만한 이유를 대지 못한다면 정의의 이름으로 널 용서하지 않겠다!"

"아니, 설명을 듣고 싶은 건 제 쪽이라구요! 따지자면 제가 이렇게 된 건 다 공주님 탓이란 말이에요. 잠깐……, 그게 아니라."

허둥대던 노빈손이 정색을 하면서 물었다.

"공주님이시라구요? 정말 이사벨 공주님? 왜 여기 갇혀 계시는 거예요? 지금 성 전체가 공주님 찾느라고 발칵 뒤집어졌는데."

"저기, 그건……."

이사벨이 뭐라고 설명을 하려 했지만, 그보다 먼저 노빈손이 무릎을 탁 치며 일어섰다.

"아, 알았다! 공주님을 노리는 악당이 공주님을 납치해서 여기 가둬 놓은 거로군요?"

"잠깐만, 그게 아니라……."

"안심하세요, 이제 제가 왔으니까요. 당장 공주님을 여기서 나가게 해드리죠! 경비병! 경비… 웁!"

있는 대로 고함을 지르던 노빈손의 입을 이사벨이 우악스럽게 틀어막았다.

"사람 말 좀 들어! 그게 아니래도!"

"읍읍……."

"난 여기 갇혀 있는 게 아냐. 숨어 있는 거라고!"

'아아, 그러세요?'

입이 막힌 채 낑낑거리던 노빈손은 눈을 둥그렇게 굴렸다. 껌껌한 허공, 코를 찌르는 시큼한 냄새, 차가운 돌바닥. 위를 보나 아래를 보나 그림으로 그린 듯한 지하 감방의 모습 그대로다. 이 공주님, 도대체 무슨 소리를 하고 있는 거지?

이사벨은 노빈손이 얌전해진 것을 확인한 뒤 한숨을 쉬면서 손을 떼었다.

"지금 성안 사람들에게 들키면 곤란해. 난 오라버니에게서 도망친 거니까."

노빈손은 얼빠진 목소리로 되물었다.

"네? 오라버니요?"

"지금 카스티야를 다스리고 있는 엔리케 왕 말이다. 그가 내 이복 오라버니니라."

이사벨은 우울한 표정으로 다시 입을 열었다.

"엔리케 왕은 날 억지로 결혼시키려 하고 있어. 나만 없어지면 그의 딸이 왕위를 이어받게 되거든. 그래서 날 포르투갈의 왕한

엔리케 4세

카스티야 연합왕국의 왕(1425~1474년). 이사벨 1세의 아버지인 후안 2세가 죽자 뒤를 이어 왕위에 올랐다. 자신의 딸 후아나를 다음 후계자로 지명하려 노력했으나 결국 실패했다. 엔리케 4세에 반대하는 사람들이 이사벨의 동생인 알폰소를 왕으로 옹립하고자 했으나 실패했고, 이 때문에 정치적으로 혼란스러웠다. 알폰소 사후에는 이사벨과 반목하는 등, 후안 2세의 자식들과는 이래저래 악연이었다.

테 시집보내 버리려는 거야. 하지만……."

무릎에 놓인 공주의 손이 바르르 떨렸다.

"포르투갈로 시집가느니 차라리 죽겠어! 그런 뚱뚱하고 못난 늙은이와 날 결혼시키려 하다니!"

"그래서 도망치신 거예요?"

"그래. 난 페르난도 왕자님 외에는 그 누구와도 결혼할 생각이 없어."

"그게… 누군데요?"

"아라곤 왕국의 왕자님이야. 내가 어릴 때 아바마마가 정해 주신 약혼자란다. 그 분을 본 순간 첫눈에 반하고 말았지."

잠시 밝아졌던 이사벨의 얼굴에 다시 그늘이 드리웠다.

"하지만 아바마마가 돌아가신 뒤, 오라버니가 약혼을 깨 버렸느니라. 어쩌겠느냐? 오라버니는 이 나라의 왕이고, 나는 힘없는 계집인 것을. 포기하려고도 했다만, 날 강제로 시집보내려는 것만은 도저히 참을 수가 없었어. 그래서 도망친 거야."

노빈손이 안쓰러운 표정을 지었다.

"하지만 공주님, 도망치셨다는 분이 왜 이런 곳에 갇혀 있는 거예요?"

"지금쯤 시종과 병사들이 성안을 샅샅이 뒤지고 있을 것 아니냐. 하지만 등잔 밑이 어두운 법이다. 설마하니 내가 지하 감옥에 숨어 있으리라고는 꿈에도 생각 못 하겠지. 여기 있다가 해가 져서 어두워지면 성벽 뒤쪽의 개구멍으로 빠져나갈 생각이다."

"숨어 있다니요. 어딜 보나 꼼짝없이 갇혀 있잖아요!"

이사벨이 싱긋 웃더니 손을 들어 올렸다. 손끝에서 은빛으로 반짝이는 무언가가 달랑거리고 있었다. 헉, 저건 설마……?

"여기 숨을 때 당연히 감방 문 열쇠도 챙겨 두지 않았겠느냐."

우아, 머리 좋은데? 노빈손이 혀를 내두르고 있을 때 이사벨이 상냥한 목소리로 물었다.

"그런데, 네 이름을 아직 듣지 못했구나. 너는 도대체 누구냐?"

노빈손은 허리에 손을 척 얹으며 가슴을 펴고 당당하게 소리쳤다.

"제 이름은 노빈손. 머나먼 나라 한국에서 태양의 땅 스페인까지 찾아온 베테랑 모험가입니다!"

"그래? 그럼 노빈손, 어째서 남자인 네가 내 드레스를 입고 있는 건지 납득 가게 설명해 주지 않겠니?"

노빈손은 어떤 말로도 이사벨을 납득시킬 수 없을 것 같은 암담함을 느꼈다.

"뭐라고? 공주가 도망쳤단 말이냐?"

쾅! 보고를 들은 엔리케 왕이 주먹으로 책상을 내리쳤다. 소식을 가지고 온 프랑코는 쩔쩔매면서 고개를 들지 못했다.

"송구스럽습니다. 한 번만 더 기회를 주시면 다음에는 꼭……."

"다음이고 네이버고! 어린 계집 하나 상

식도락 만세!

스페인은 하루에 다섯 번이나 식사를 하는 것으로도 유명하다. 일어나자마자 빵과 커피 혹은 우유 등을 먹는다(데사유노). 그리고 가벼운 아침 식사로 11시쯤 샌드위치를 먹는다(메리엔다 메디아 마냐나). 점심은 오후 2시에 정찬으로 먹는다(알무에르소). 6시가 되면 간식을 먹고(메리엔다) 오후 9시나 그 이후 시간에 저녁으로 수프나 샐러드 등을 먹는다(세나). 그야말로 먹고 먹고 또 먹는 셈.

31

대하지 못하고 뭘 하고 있었던 거냐! 얼마 안 있으면 포르투갈 왕이 온단 말이다! 그때 이사벨을 내놓지 못하면 내 체면이 뭐가 되겠어!"

뚱뚱하게 살찐 몸을 흔들면서 프랑코를 혼내던 왕은 의자에 앉아 숨을 몰아쉬었다. 그러고는 팔걸이를 만지작거리며 이를 갈더니 버럭 고함을 쳤다.

"프랑코! 한 번만 더 만회할 기회를 주겠다. 당장 이사벨을 찾아서 끌고 와. 이번에도 못 하면 각오는 되어 있겠지?"

"넷!"

프랑코가 긴장된 표정으로 예를 갖추었다. 왕에게 인사를 마친 그는 조심조심하면서 밖으로 걸어 나갔다. 까만 눈썹 밑에서 교활한 눈매가 번쩍 빛을 냈다.

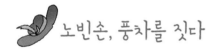

노빈손, 풍차를 짓다

야음을 틈타 성에서 도망친 노빈손과 이사벨의 머리 위에는 �짱쨍한 태양이 강하게 빛나고 있었다. 무사히 감방 신세를 면하고 자유의 몸이 되었지만, 노빈손의 심기는 그다지 편치 못했다. 첫째는 발을 내디딜 때마다 계속 걸리적거리는 드레스가 불편했기 때문이고, 둘째는……

"언제까지 내 뒤를 따라올 셈이냐?"

도끼눈을 뜨고 자신을 쪄려보는 이사벨 공주 때문이었다.

감옥에 갇힌 신세였던 노빈손이 도망칠 수 있었던 것은, 열쇠를 숨기고 감방 어둠 속에 잠복하고 있던 이사벨 덕분이었다. 그러나 이사벨은 첫 만남이 영 좋지 못했던 노빈손을 신뢰하지 않는 눈치였다. 애초에 감옥에서 나올 때도, 이사벨은 노빈손을 구해 줄 생각이 없었다. 그러나 함께 데려가 주지 않으면 소리를 질러서 경비병을 부르겠다고 노빈손이 징징거렸기 때문에 어쩔 수 없었던 것이다.

하지만 이사벨이 뭐라 하건, 노빈손은 이사벨의 곁에서 떨어질 마음이 전혀 없었다. 집도 절도 연고도 없는 중세 후기 스페인에 뚝 떨어진 처지인데 달리 붙을 곳이 없지 않은가?

게다가 앞뒤 가리지 않고 무작정 성에서 도망친 겁 없는 공주가 걱정되기도 했다.

"너무 그러지 마세요. 공주님도 혼자서 아라곤 왕국까지 가는 건 불안하시잖아요. 제가 여행과 모험에 좀 일가견이 있거든요. 먼 길 가시는데, 저같이 든든한 경력자가 같이 있어야죠."

"……."

이사벨은 아무 대꾸도 없이 노빈손의 위아래를 훑어보았다. 그 침묵 속의 시선은 백 마디 말보다 더 적나라하게 '네가?' 라는 이사벨의 심경을 드러내고 있었다.

아, 신이시여. 제게 수많은 업적을 쌓을

스페인의 공식 언어는 몇 개?
답은 4개이다. 카스테야노(카스티야어)에서 유래된 현대 스페인어, 갈리시아 지방에서 사용되는 가예고와 카탈루냐 지방에서 사용되는 카탈루냐어, 그리고 바스크 지방에서 사용하는 바스크어가 있다. 따라서 스페인의 대표 언어는 스페인어이지만 지역에 따라 두 가지 언어를 공용어로 사용하고 있다.

기회를 주셨거늘, 어찌하여 그 경력을 매번 의심받는 시련도 함께 내리셨나이까! 노빈손이 한숨을 쉬며 뭐라 말하려고 할 때였다.

"어? 저건……?"

이사벨이 고개를 갸우뚱했다. 언덕 너머로 이어지는, 조금 떨어진 길 앞쪽에 어린 여자애 하나가 자기 머리보다 더 큰 돌을 안고 낑낑대며 걸어가고 있었다. 얼핏 보기에도 아이에게는 벅찬 크기였다. 노빈손과 이사벨이 쳐다보고 있는 것도 눈치 채지 못하고 용을 쓰던 아이는, 잠시 쉬기로 했는지 돌을 길바닥에 내려놓고 이마의 땀을 닦았다.

"괜찮니, 애야? 무거워 보이는구나."

어느새 곁으로 다가간 이사벨이 상냥하게 말을 걸었다. 아이는 그제야 노빈손과 이사벨을 발견했는지, 겁먹은 눈으로 두 사람을 올려다보았다.

"어디로 가는 길이더냐?"

아이는 쭈뼛거리면서도 손가락을 들어 길이 이어지는 쪽의 산등성이를 가리켰다. 이사벨은 고개를 끄덕이며 아이의 머리를 쓰다듬었다.

"네 짐이 너에겐 너무 무거운 것 같구나. 들어다 주마."

오, 저 공주님에게 저런 면모가?

"노빈손!"

"예?"

"이거 들어라."

  에휴, 누가 공주 아니랄까 봐. 하지만 아이를 본 노빈손은 별 군말
없이 돌을 안아 들었다. 이사벨이 아이가 가리킨 방향으로 걸어가면
서 물었다.

  "돌은 어디에 쓰려고 그러느냐?"

  "풍차가 무너져서 다시 짓는 중이에요. 그래서 돌이 많이 필요해
요."

  아이가 이사벨을 보며 순순히 대답했다.

"착하구나. 하지만 그건 어른들에게 맡겨 두는 것이 어떻겠느냐?"

"그럴 시간이 없어요. 빨리 풍차를 다시 지어서 밀을 빻지 않으면 세금을 낼 수가 없거든요."

또박또박 대답하는 아이의 말을 들은 이사벨이 얼굴을 살짝 찌푸렸다. 끙끙거리며 돌덩이를 들고 따라오던 노빈손이 헥헥거리며 말했다.

"그렇다고, 미련하게, 이런 돌덩이를 일일이 들고 가냐? 안 그래요, 공주… 캑!"

갑자기 이사벨이 노빈손의 발을 확 밟았다. 그 서슬에 놀란 나머지 혀를 씹은 노빈손은 돌을 떨어뜨리며 팔짝팔짝 뛰었고, 아이는 놀란 눈으로 노빈손을 바라보았다. 이사벨이 천사 같은 미소를 지으며(하지만 노빈손에게는 악마처럼 보였다) 입을 열었다.

"지금 뭐어어어라고 그랬니, 노빈손? 방금 나를 공… 뭐라고 부르려고 한 것 같은데?"

"아… 아닙니다……. 그럴 리가요……. 아가… 씨."

이런, 실수다. 무심코 혀를 차려던 노빈손은 찌릿거리는 혀의 통증에 한 번 더 움찔했다.

산등성이에 가까이 가니 돌을 하나씩 들고 언덕을 오르는 사람들이 보였다. 뜻밖에도 어린 아이들이 꽤 눈에 띄었다. 아니, 그렇다기보다 남자 어른이 별로 없었다. 돌을 옮기는 사람은 대부분 여자나 노인들이었다. 흘러내리는 돌을 추어올리며 끙 소리를 내던 노빈손은 어리둥절한 표정을 지었다.

"아니, 왜 이렇게 남자들이 적죠?"

"하필 이런 때 부역으로 불려가서 말이오. 마을에 당최 사내들이 없다우."

막 돌을 가져다 놓고, 언덕을 내려가던 노파가 대답했다. 언덕 위에, 사람 키만 한 크기의 돌벽이 둥그렇게 원을 그리며 조금씩 높아지고 있었다. 들고 온 돌을 적당한 위치에 내려놓은 노빈손은 허리를 펴면서 주변을 둘러보았다. 다들 힘이 닿는 한 크고 작은 돌들을 날라 오고 있었지만, 하나같이 힘에 부치는 듯 보였다. 이사벨이 그 모습을 바라보며 중얼거렸다.

"이런 속도로는 완성까지 꽤 오래 걸릴 텐데……. 큰일이구나."

아름다운 공주의 얼굴에 그늘이 드리워졌다. 노빈손도 미간을 찡그리며 돌을 힘겹게 들고 걸어가는 사람들을 바라보았다. 어떤 할아버지가 후들거리는 다리로 돌을 짊어지고 풍차 안으로 들어가는 것이 눈에 띄었다. 돌벽 중앙에 서 있는 도르래의 밧줄에 사람들이 매달려서 커다란 돌을 위로 올리고 있었다. 그 더딘 속도에 절로 한숨이 새어 나왔다.

'기계가 없으니까 정말 불편하구나. 이걸 전부 사람이 직접 해야 하다니. 기중기가 한 대만 있어도…….'

"아, 그렇지!"

가지각색의 요리

사막처럼 건조한 지역에서 과수원과 목초지까지, 다종다양한 지형과 기후만큼이나 많은 식재료가 있는 스페인. 여러 이민족들의 침략은 스페인의 요리법에 변화를 주었고, 아메리카 대륙에서 들어온 새로운 식재료들은 스페인의 식탁을 더욱 풍요롭게 했다. 전골 요리, 생선 요리, 고기 파이, 쌀로 만든 파에야, 치즈와 양젖, 올리브 기름, 빵과 마늘 등등 셀 수 없이 많은 음식이 있다. 카스테라 빵의 원산지 또한 카스티야 지방이다.

노빈손이 손가락을 딱 튕겼다. 이사벨이 의아한 눈으로 노빈손을 바라보았다. 노빈손이 의미심장한 얼굴로 웃었다.

"왜 그러느냐? 무슨 일이라도 생겼느냐?"

"후후후, 이제부터 제 전공을 보여 드리죠."

사람들은 어리둥절해하면서도 노빈손이 시키는 대로 도르래와 나무 기둥을 모아 왔다. 노빈손은 도르래 네 개를 나무에 매단 뒤 그것을 여러 나무 기둥 위에 얹었다. 그리고 양쪽에 물레를 하나씩 배치하여 도르래의 끈을 둘둘 감았다. 이사벨과 사람들은 눈을 끔벅거리며 그를 바라보기만 했다. 설치를 끝낸 노빈손이 몸을 일으키면서 호쾌하게 웃어 젖혔다.

"으하하하! 완성입니다요!"

"노빈손, 이것이 무엇이냐? 뭘 만든 거지?"

이사벨이 궁금하다는 듯 물었다. 노빈손이 두 손을 맞잡아 비비며 의기양양하게 대답했다.

"좋은 질문이십니다. 저 먼 동방에 백문이 불여일견이라는 말이 있습죠. 직접 보시지요!"

사람들은 노빈손의 말에 따라 도르래의 줄에 바위를 매달고, 양쪽에서 물레를 돌리기 시작했다. 그러자,

끼이이익―

"우아아아!"

보고 있던 사람들이 입을 쩍 벌리고 감탄했다. 열 몇 명이 도르래

에 달라붙어도 좀처럼 움직이지 않던 바위가 너무도 쉽게 위로 올라
가기 시작한 것이다. 이사벨도 입을 다물지 못한 채 놀라고 있었다.

"노, 노빈손, 도대체 어떤 마법을 쓴 것이냐?"

"마법이 아닙니다. 과학이지요."

노빈손이 어깨를 으쓱하며 나뭇가지를 들고 흙바닥에 그림을 그
리며 설명했다.

"고정도르래와 움직도르래를 같이 사용하면 그만큼 드는 힘도 줄
어든답니다. 제가 온 나라에서 발명한 기계입죠."

"네가… 온 나라? 굉장하구나!"

설명을 듣던 이사벨의 눈이 초롱초롱 빛났다. 노빈손의 거중기가
커다란 바위를 번쩍 들어 올리는 것을 본 사람들이 노빈손에게로 우
르르 몰려들었다.

"생긴 것은 귀신바가지처럼 생겼는데, 아주 용해! 똑똑하구!"

"덕분에 풍차를 쌓는 것이 훨씬 편해질 것 같아요. 감사합니다!"

"정말 머리 좋구먼, 처자!"

"아하하, 뭘요… 엥?"

처자라는 호칭에 위화감을 느낀 노빈손이
자신의 옷을 내려다보았다. 아뿔싸, 아직도
펑퍼짐한 드레스 차림이었다! 노빈손은 두
팔로 얼른 몸을 감싸며 얼굴을 붉혔다.

"아니, 이건 그게 아니라……."

노빈손은 버벅거리며 변명을 하려 했지

거중기의 원리

도르래의 원리를 이용하여 작은
힘으로 무거운 물건을 들어 올리
는 장치로, 다산 정약용이 18세
기에 고안했다. 고정도르래와 움
직도르래를 복합적으로 사용함으
로써 위로 작용하는 힘의 사용량
을 줄여 준다. 1792년 수원 화성
을 쌓는 데 이용되었다.

만, 어느 할머니가 자신을 확 끌어안는 바람에 말이 막혀 버렸다.

"고맙네, 처자! 정말 고마워!"

할머니는 그걸로도 모자라서, 노빈손의 두 볼과 반짝이는 머리통에까지 쪽쪽거리며 뽀뽀를 했다. 놀란 노빈손이 버둥거렸지만, 할머니의 품 안에서 풀려나자마자 다른 남자가 노빈손을 껴안았다. 그리고 또다시 뽀뽀 세례가……!

"아악! 왜들 이러시는 거예요!"

"모두들 너에게 고마워하고 있는 거란다, 노빈손."

뒤에 있던 이사벨이 태연하게 대답했다. 그렇게 노빈손은 둘러선 마을 사람들에게 차례차례 안기면서 머리통 전체에 뽀뽀를 받아야 했다. 포옹과 뽀뽀가 우정과 호의를 표하는 스페인식 인사라는 사실을 노빈손이 알게 된 것은 이 성대한 환영이 끝난 뒤의 일이었다.

"고마웠어요, 언니들!"

처음에 만났던 꼬마가 동구 밖까지 나와서 손을 흔들었다. 노빈손도 활짝 웃으면서 마주 손을 흔들어 주었다.

노빈손의 팔에는 큼지막한 바구니가 하나 매달려 있었다. 감사의 뜻으로 마을 사람들이 모아 준 빵과 치즈 등을 담은 도시락 바구니였다. 노빈손의 도움을 받은 사람들은 없는 살림에도 노빈손과 이사벨을 성심성의껏 대접했던 것이다. 덕분에 옷과 잠자리도 얻을 수 있었다.

이사벨이 빙그레 웃으며 노빈손에게 말했다.

"노빈손, 너는 생각보다 훨씬 흥미로운 녀석인 것 같구나."

"헤헤, 그렇죠?"

우쭐해진 노빈손은 코끝을 만지작거리며 고개를 치켜들었다. 이사벨이 기운차게 마을 너머의 길을 향해 걸음을 옮겼다.

쏟아지는 뽀뽀 세례

스페인 사람들은 일상적으로 서로에게 키스한다. 만났을 때, 헤어질 때, 사업으로 만났을 때조차도 양 볼에 키스하는 것은 의례적인 일. 여성은 남성뿐만 아니라 동성에게도 키스하지만, 남성은 여성에게만 키스한다. 남자끼리는 팔 벌려서 포옹만 한다. 이 포옹과 키스는 그저 우호적인 감정의 표현일 뿐, 그 이상의 의미는 전혀 없다.

"자, 아라곤까지는 아직도 갈 길이 한참 남았느니라. 너만 믿겠다."

"걱정 마십쇼. 제가 가이드로 있는 한 공주님의 특급 모험 코스는 보장된 거라니깐요!"

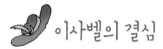 ## 이사벨의 결심

덜컹덜컹, 짚을 가득 싣고 시골길을 나아가는 수레 위로 불그스름하게 땅거미가 지고 있었다. 늙수그레한 농부는 앞에 나타난 갈래 길에서 말을 멈춰 세우더니 수레 뒤쪽을 향해 소리쳤다.

"자, 여기서 내리십쇼!"

수레 뒤에 타고 있던 노빈손과 이사벨이 뛰어내렸다. 이사벨이 발돋움을 하며 길 너머로 보이는 마을을 살폈다.

"오늘은 저기서 묵고 가면 되겠구나."

"아저씨, 태워 줘서 고마워요!"

반대편 길로 멀어져 가는 수레를 향해 소리친 노빈손은 서둘러 이사벨의 뒤를 따라 마을로 향했다. 마을 저편에서 모락모락 저녁 짓는 연기가 오르는 것이 보였다. 절로 침이 꼴깍꼴깍 넘어갔다.

두 사람이 동네 어귀로 들어섰을 때였다. 물동이를 이고서 걸어가던 아주머니 한 명이 노빈손을 쳐다보고는 소리를 질렀다.

"에구머니나!"

그 바람에 물이 쏟아졌다. 노빈손과 이사벨은 깜짝 놀라 아주머니 쪽을 바라보았다. 서둘러 집으로 돌아가던 동네 사람들의 시선도 일제히 이쪽으로 집중되었다. 하지만 아주머니는 그런 건 신경도 쓰지 않는 모양이었다. 그저 부들부들 떨면서 손가락으로 노빈손을 가리켰다.

"저… 저거!"

"응?"

갑작스럽게 삿대질을 당한 노빈손은 머쓱해져서 머리를 긁적거렸다. 그러나 이내 동네 사람들이 술렁이며 이쪽으로 모여들기 시작했다. 이사벨은 영문을 몰라 당황하며 주위를 두리번거렸다. 모여든 사람들은 마치 노빈손에게 가까이 다가가기를 두려워하는 듯 일정한 거리를 두고 빙 둘러섰다. 누군가가 소리쳤다.

"당장 나가!"

"썩 꺼지지 못해!"

"예에? 우리가 뭘 어쨌다고 그러세요? 우린 그냥 여기서 하룻밤 묵으려고……."

노빈손이 억울하다는 듯이 목소리를 높였다. 그러나 말라빠진 사내 하나가 더 큰 소리로 비명처럼 외쳤다.

"흑사병 환자는 들어올 수 없어! 나가!"

"예?"

"네? 노빈손이… 흑사병?"

스페인의 연말연시

스페인에서는 크리스마스보다 부활절을 더 중요시한다. 또 새해 전날 밤 자정을 위한 독특한 전통도 있다. 새해가 되기 직전 12번 종이 울릴 때, 종소리에 맞춰서 한 번에 하나씩 포도알을 정확하게 삼키면 행운이 온다고 한다. 포도가 없을 때는 건포도를 사용하기도 한다고.

43

노빈손과 이사벨은 얼빠진 얼굴로 그 말을 되뇌었다. 그제야 사람들이 수군대는 소리가 귀에 들려왔다.

"저 흉측한 머리통 좀 봐요. 증상이 심각한데요."

"피부는 어떻고? 아주 누렇잖아."

"저기 벌겋게 가래톳까지 났어요!"

"아니 잠깐, 이건 가래톳이 아니라 여드름이거든요? 흑사병이라뇨, 전 건강 빼면 시체다 이 말씀입니다!"

듣다 듣다 못한 노빈손이 항의했다. 이사벨도 앞으로 나섰다.

"오해십니다. 얘가 역병신처럼 생기긴 했어도 절대 흑사병 환자는 아니에요!"

"역병신이라니, 그게 무슨 말씀이세요?"

노빈손이 원망스런 눈길로 이사벨을 바라보았다. 하지만 아무리 둘이서 변명을 해도 사람들의 차가운 시선은 사라지지 않았다.

"당장 꺼져! 흑사병이라면 진저리가 나."

"몇 년 전 이곳에 흑사병이 도는 바람에 얼마나 힘들었는지 알아? 마을이 폐쇄당하는 바람에 모두 굶어죽을 뻔했다고!"

"그런데 왕족이라는 것들은 저희들끼리 싸우기 바쁘고……. 백성들은 다 죽어 가는데 권력 싸움이나 해대지!"

이사벨의 표정이 어두워졌다. 동구 앞에 모여든 사람들은 점점 더 사나운 기세로 외쳐 대고 있었다. 이사벨이 몸을 돌렸다.

"나가자, 노빈손. 아무래도 오늘 밤 여기서 묵는 건 무리일 것 같구나."

44

"에? 그럼 어디로 가요?"

노빈손과 이사벨은 쫓기듯이 마을 밖으로 나왔다. 이미 해가 저물기 시작한 때라 다음 동네로 걸어가는 것은 무리였다. 이사벨이 모퉁이돌 위에 앉으며 한숨을 쉬었다. 그 모습이 너무 초라해 보여서, 노빈손은 짐짓 씩씩한 목소리로 말을 걸었다.

"저, 공주님. 제가 또 노숙에는 도사거든요. 잠시만 기다리세요, 불을 피울게요!"

건조한 스페인의 기후에 잘 마른 나무토막들은 활활 타올랐다. 모닥불을 응시하던 이사벨이 한숨을 푹 쉬었다. 불그스레해 보이는 입술에서 탄식 같은 말이 새어 나왔다.

"내가 잘못하고 있는 건지도 모르겠구나. 성으로 돌아가야 할까 보다."

"넷? 그게 무슨 말씀이세요!"

갑작스런 이사벨의 말에 놀란 노빈손은 앉은 자리에서 펄쩍 뛰었다. 하지만 이사벨은 진지한 표정이었다.

"사람들 말이 맞다. 백성들은 왕족들의 싸움과 흑사병에 오랫동안 시달려 왔느니라. 그런데 공주인 내가 달아나면, 가뜩이나 힘든 판국에 헛소문과 불안이 일파만파 퍼질 것은 불 보듯 빤한 일 아니더냐. 그런데도 내 사랑 하나 지키겠다고 페르난도 왕자님

중세의 흑사병

사실 흑사병이란 이름이 쓰인 것은 1883년에 이르러서였으며, 14세기에는 청색병이라고 불렸다. 1340년대에 발발한 흑사병으로 약 2천5백만 명이 희생되었는데, 이는 당시 유럽 인구의 약 30%에 달하는 수치다. 14세기의 흑사병은 사회 구조를 붕괴시킬 정도로 유럽에 큰 타격과 영향을 주었다. 당시 사람들은 거지, 유대인, 한센병 환자, 외국인 등이 흑사병을 몰고 온다고 생각한 나머지 이들에게 집단 폭력을 행사하거나 학살하기도 하였다.

45

께 가는 것이 과연 옳은 일일까? 오라버니가 시키는 대로 얌전히 포르투갈 왕에게 시집가는 것이 나을지도 모르겠구나."

"아······."

노빈손은 물끄러미 이사벨을 바라보았다. 사랑하지도 않는 사람에게 억지로 시집가는 것은 옳지 않다고 생각했기 때문에 이사벨을 돕기 시작했다. 하지만 막상 이런 얘기를 듣고 보니 뭐라고 말해야 좋을지 알 수 없었다. 두 사람 사이에 침묵이 흘렀다.

"여기 있었군, 공주!"

갑자기 뒤쪽에서 으르렁대는 것 같은 날카로운 외침이 들려왔다. 노빈손과 이사벨은 반사적으로 벌떡 일어났다. 두리번거리던 노빈손이 발을 굴렀다.

"누구냐? 모습을 드러내라!"

"후후후, 난 여기 있다."

무너진 흰 돌벽 너머에서 처음 보는 사내가 건들거리는 팔자걸음으로 나타났다. 번쩍이는 갑옷을 챙겨 입고 칼을 옆에 찬 것이 기사인 모양이었다. 콧수염을 기른 입가에는 비열한 미소를 띠고 있었다.

"추적하는 발은 사냥개보다 빠르고, 약삭빠른 머리는 여우보다 교활한 나의 이름은 그림자의 기사 프랑코! 엔리케 전하의 명을 받고 왔다."

"오라버니의 명을?"

이사벨이 긴장했다. 프랑코가 콧수염을 만지작거리며 가까이 다가왔다.

46

"그렇소. 이사벨 공주. 당신을 붙잡아서 데리고 오라는 명령이지."

"무례한 것! 어디서 감히!"

"지금 당신은 왕의 명령을 거역한 반역자일 뿐이오. 순순히 따라오시오."

프랑코가 위협하듯이 허리에 찬 칼의 손잡이를 움켜쥐었다. 파르르 몸을 떨던 이사벨은 이윽고 어깨를 늘어뜨린 채 한숨을 쉬었다.

"…알았다."

"공주님!"

"단, 조건이 있다."

이사벨이 노빈손의 앞을 막아섰다.

"이 아이는 놓아 다오. 나만 데리고 가면 되지 않느냐?"

"공주님, 그게 무슨 말씀이세요!"

놀란 노빈손이 이사벨의 팔을 붙잡았다. 그러나 이사벨이 뭐라고 말하기도 전에 프랑코가 어깨를 흔들며 큰 웃음을 터뜨렸다.

"푸하하, 조건이라고? 정말 웃기는군. 공주, 당신과 함께 있던 자, 말을 나눈 자, 숨겨 주거나 재워 준 자는 전부 잡아들여 본때를 보여 주라는 것이 전하의 명령이오."

"뭐, 뭐라고?"

노빈손과 이사벨의 얼굴이 새파랗게 질렸다. 뻔뻔하리만큼 태연하게 말하는 프랑코의 태도에 기가 막힌 노빈손이 고함을 질

47

렀다.

"그렇게까지 할 필욘 없잖아!"

"뭘 흥분하시나? 넘쳐 나는 그깟 백성들, 몇십 명 잡아다 가둔다고 무슨 문제가 되지? 백성은 왕과 기사들을 위해서 존재하는 것. 죽든 살든 알 바 아니야."

프랑코는 유들유들하게 웃으면서 노빈손을 향해 빈정거렸다. 화가 잔뜩 난 노빈손이 뭐라고 쏘아붙이려는 찰나, 고개를 숙인 이사벨에게서 억눌린 것처럼 무거운 목소리가 흘러나왔다.

"그것도… 오라버니의 명이냐?"

"그렇다고 하지 않았소!"

"그런 이유로 백성들을 잡아들인다고?"

"귓구멍이 막히셨소? 그렇대두."

이사벨이 고개를 번쩍 쳐들었다. 활활 타오르는 그녀의 두 눈이 프랑코를 노려보고 있었다. 얌전하던 얼굴에 갑자기 떠오른 분노의 빛에 프랑코도 놀라 움찔했다.

이사벨이 한 발 앞으로 나섰다.

"지금까지 나는, 어떻게 하면 도망칠 수 있을까만 생각했다. 그저 내 신세를 한탄하며 세월을 보냈지. 하지만 결심했다."

허공을 가로지른 이사벨의 손이 프랑코를 똑바로 겨누었다.

"백성을 파리 목숨처럼 여기는 엔리케 왕에게 이 나라를 맡겨 둘 수 없다고! 나는 아스투리아스의 주인이자 카스티야와 레온의 미래 여왕으로서, 이 나라 왕관의 권리가 내게 있음을 선언하노라. 프랑코, 네가 원하는 대로는 절대 되지 않는다!"

"공주님!"

이사벨의 뜨거운 선언에 노빈손의 가슴까지 벅차올랐다. 그 박력에 잠시 놀라는 듯하던 프랑코는 이내 기분 나쁜 미소를 띠더니 킥킥거리며 웃었다.

"말은 번지르르하군. 한낱 계집에 불과한 몸으로 뭘 할 수 있단 말이오? 이 나라에서 여자가 왕위에 오른 적은 한 번도 없다는 걸 잊은 모양이지? 험한 꼴 보기 전에 얌전히 따라오는 것이 좋을걸."

프랑코가 한 걸음 다가서며 허리춤에서 칼을 뽑아 들었다. 이사벨이 낭패한 표정으로 뒷걸음쳤다. 노빈손이 이사벨의 앞을 막아선 바로 그때.

"거기 전부 스토오옵!"

누군가의 후들거리는 목소리가 세 사람의 귀에 날아와 꽂혔다. 뜻밖의 호령에 당황한 노빈손과 이사벨, 프랑코는 목소리가 들려온 쪽을 바라보았다.

스페인의 보랏빛 초저녁 하늘 아래, 별을 등지고 말 위에 올라탄 누군가가 언덕길 위에 서 있었다. 투구와 갑옷을 입고 창을 든 늠름한 그림자. 틀림없는 기사였다. 그가 탄 말이 히힝거리며 울부짖더니 달려 내려오기 시작했다. 기다란 창끝은 프랑코를 향

프란시스코 프랑코

20세기 스페인의 독재자. 장군이 되어 사관학교 교장을 지냈으나 공화제가 수립되자 모로코로 좌천되었다. 그러나 그곳에서 반정부 쿠데타를 일으키고 세력이 커지자 국민당 정부 수반 및 군총사령관이 되었다. 이후 스페인 내전에서 승리하여 팔랑헤 당의 독재에 의한 파시즘 국가를 수립했다. 제2차 세계대전 중에는 중립을 선언하고도 은연중에 독일·이탈리아를 지원해 국제적으로 고립되기도 하였다. 1975년에 사망하였다.

49

하고 있었다. 기사가 예의 후들거리는 목소리로 길게 외쳤다.

"요노오오오옴!"

"허걱?"

당황한 프랑코는 방패를 치켜들었다. 그러나 황당하게도, 프랑코를 향해 돌진하던 말라깽이 기사는 그대로 프랑코 옆을 지나치며 아무것도 없는 흙벽에 코를 들이박고 말았다. 콰당! 말에서 떨어져 끙끙대는 기사를 모두가 어이없는 눈초리로 바라보는 가운데, 기사가

달려 내려온 언덕길을 따라 누군가가 쫓아 내려왔다.

"주인니임~~~!"

허겁지겁 달려온 땅딸막한 사내가 땅에 넘어진 기사를 일으켜 세웠다. 기사는 허리를 삐끗했는지 비틀거리면서 겨우 일어났다. 긴장했던 프랑코가 그제야 어깨를 펴며 웃어 젖혔다.

"으하하하! 정말 웃기는 놈이로군!"

"에구, 허리야……. 닥쳐라, 이놈!"

노빈손은 그 말라깽이 기사를 보고 입을 쩍 벌렸다. 투구 아래 보이는 주름투성이 얼굴은 틀림없는 노인이었다. 가느다란 다리가 당장에라도 쓰러질 것처럼 후들거리고 있었다. 그러나 그 노인은 당당하게 외쳤다.

야! 싸울 거야? 말 거야?

"숙녀를 험하게 대하는 악한! 나 돈 키호테가 정의의 이름으로 널 용서하지 않겠다!"

"영감님은 양로원에나 가시지!"

프랑코가 칼을 들고 돈 키호테에게 덤벼들었다. 돈 키호테도 창을 들고 프랑코를 향해 돌진했지만, 후들거리는 다리가 아무래도 불안해 보였다. 아니나 다를까, 프랑코는 크게 휘두르는 돈 키호테의 창을 간단하게 피해 버렸다. 그러곤 뱀처럼 혀를 날름거렸다.

"음하하하, 피했지롱… 윽!"

창의 무게를 감당하지 못한 돈 키호테는 제자리에서 그대로 한 바퀴 돌았고, 다시 돌아온 창대에 얻어맞은 프랑코는 벌렁 넘어지고 말았다. 눈앞에 별이 보이는지 똑바로 서지 못하고 휘청거리는 프랑코를 향해 돈 키호테가 의기양양하게 웃었다.

"허허허, 정의는 언제나 이긴다!"

"쳇, 다음에 두고 보자!"

전형적인 악당의 대사를 남긴 프랑코는 뒤도 돌아보지 않고 줄행랑을 놓았다. 그 뒷모습을 멍하니 바라보던 이사벨과 노빈손은 겨우 정신을 차리고 기사 쪽으로 돌아섰다.

"아, 저… 도와주셔서 정말 감사합니다. 어떻게 보답을 해야 할지……."

"천만의 말씀이오. 라만차의 기사 돈 키호테는 언제나 약한 자와 숙녀의 편이라오."

기사 할아버지는 허리를 쭉 펴다가 뼈마디가 쑤시는지 움찔했다. 노인 옆에 서 있던 땅딸보 사내가 노빈손에게로 다가왔다.

"저, 실은 여쭤보고 싶은 게 있는데유. 혹시 이사벨 공주님이 어디 계신지 모르십니까유? 우리들은 그 분께 전할 말씀이 있어서 여행을 하고 있는데유, 보시다시피 주인님이 자꾸만 곁다리로 빠지시니 도무지 찾을 수가 없네유."

노빈손과 이사벨은 얼굴을 마주 보았다. 노빈손이 이사벨에게 속삭였다.

"이 사람들 도대체 뭐죠?"

"글쎄다. 나쁜 사람들 같아 보이진 않는데……."

"그렇지만, 도망친 공주가 나 여기 있소~ 하고 광고하며 다닐 리도 없는데 사람들한테 물으면서 찾아다닌다뇨?"

"그건 그렇다만, 실제로 이렇게 찾았으니 꼭 바보 같다고 할 수도 없겠구나."

이사벨이 한숨을 쉬면서 대답했다.

"내가 이사벨 데 카스티야입니다. 실례지만 뉘시지요?"

"오, 공주님이셨습니까? 어떠냐, 산초! 내가 사람들에게 물으면 금방 찾을 거라 하지 않았느냐. 어디가 바보 같은 방법이란 말이냐!"

돈 키호테의 꾸중을 옆에서 듣고 있던 노빈손은 어깨를 움츠렸다. 돈 키호테는 쩔뚝거리며 공주 앞에 걸어와 정중히 무릎을 꿇었다.

"처음 뵙겠습니다, 이사벨 공주님. 저는 라만차의 기사 돈 키호테. 페르난도 왕자님의 심부름으로 찾아왔습니다."

"뭐라고요, 페르난도 왕자님이?"

이사벨의 눈이 놀라 동그래졌다. 돈 키호테가 고개를 끄덕였다.

"페르난도 왕자님은 이사벨 공주님이 탈출하셨다는 소식을 들은 즉시, 노새몰이꾼

돈 키호테와 산초
세르반테스의 풍자소설 『돈 키호테』에 등장하는 전설적인 콤비. 기사 소설을 너무 읽은 나머지 스스로 기사가 되기로 결심한 중증 마니아 알론조 키하나 영감과, 그 몸종으로 따라다니는 어리숙한 산초가 그 주인공이다. 각자 이상을 좇는 인간상과 현실을 챙기는 인간상을 나타내고 있다. 돈 키호테의 이야기는 단순한 풍자소설을 넘어, 진정으로 '인간'을 그린 최초의 이야기로 평가받고 있다. 참고로 둘시네아 공주는 근처 마을에 사는 시골 처녀에게 붙인 이름이다. 돈 키호테(키하나 영감)는 그녀를 마음속의 레이디로 모시고 있지만 정신 나간 할아버지라고 무시당하기 일쑤다.

53

으로 변장하여 아라곤과 카스티야의 국경을 넘으셨습니다. 공주님을 찾아 이쪽으로 오고 계시는 중입니다."

'엑, 진짜로? 세상에, 그 소식만 듣고 적국의 국경을 넘다니. 스페인 왕족의 필수 요건은 혹시 막무가내 배짱과 변장술이 아닐까?'

노빈손은 혼자 속으로 중얼거렸다. 하지만 이사벨은 볼을 장밋빛으로 발그레 물들이며 돈 키호테의 주름진 손을 잡았다.

"어서 나를 왕자님에게로 안내해 주세요."

"들었느냐, 산초? 출발이다!"

"예이~ 주인님!"

말고삐를 잡은 땅딸보 산초가 구르듯이 돈 키호테에게로 달려왔다. 퍼뜩 정신을 차린 노빈손도 그를 따라 뛰어갔다. 일행은 다시 국경을 향해 움직이기 시작했다.

내 취향에 맞는
스페인 지방은 어디일까?

스페인은 현재 17개의 자치주와 그를 구성하는 50개의 주로 나누
어져 있고 크게는 다섯 개의 권역으로 나누어 볼 수 있어.

Yes ➡ 오른쪽으로 No ➡ 아래로 이동

시작	A	B	C
『돈 키호테』를 너무 재밌게 읽었다	요리 중에서 특히 구운 고기류를 좋아한다	올리브나 포도 같은 과일을 좋아한다	여행할 땐 그 나라 수도에 가봐야 한다 ➡ ❶
투우는 너무 잔인할 것 같아서 싫다	너무 정열적이고 화려한 건 부담스럽다	음식은 해산물 요리가 최고다	푸른 지중해에서 여행을 즐기고 싶다 ➡ ❷
플라멩코는 너무 매력적인 춤이라고 생각한다	이국적인 아치 건물이나 화려한 문양이 맘에 든다	거리의 축제나 춤을 보는 것이 즐겁다	그 유명한 알람브라 궁전에 꼭 가보고 싶다 ➡ ❸
전원풍의 마을을 바라보는 것이 좋다	사람이 많은 관광지나 도심지는 거북하다	스페인의 역사나 박물관에 관심이 많다	중세 유럽의 향취를 느껴보고 싶다 ➡ ❹
오래 걸어도 끄떡없다	따끈한 냄비 요리가 제일 맛있다고 생각한다	성당처럼 장엄하고 웅장한 건축물이 좋다	스페인 독립운동에 대해 알고 싶다 ➡ ❺
A로	B로	C로	스페인과 인연이 없다!

❶ 마드리드 및 스페인 중앙부

(자치주 : 마드리드, 카스티야 라만차, 아라곤, 카스티야 이
레온, 라리오하, 나바라)

메세타라고 부르는 해발고도 600~750m의 고지대
에 위치한다. 이 지방을 카스티야 지방이라고 부르기
도 한다. 카스티야가 스페인 통일의 중심이었기 때문
에 카스티야어가 스페인 표준어가 되었다. '라만차의
기사'가 등장하는 소설 『돈 키호테』의 배경이 이 지
역이며, 수도인 마드리드도 있다.

▲ 마드리드 광장에 서 있는
돈 키호테와 산초의 동상

❷ 카탈루냐와 레반테, 발레아레스 제도

(자치주 : 카탈루냐, 무르시아, 발레아레스, 발렌시아)

발렌시아 주와 무르시아 주는 레반테 지방이라고 통
칭하는데, 모두 지중해에 닿아 있다. 스페인의 밝은

◀ 시체스 해변가의 성당. 시체스는 카탈루냐 주의 대표적인 휴양 도시로,
지중해성 기후가 뚜렷이 나타난다.

이미지 그대로, 비가 적고 일 년 내내 온난한 지중해성 기후를 띤다.
카탈루냐 주의 경우 스페인보다는 프랑스에 가까운 느낌이 들 정도로 유럽 본
토로부터 긴밀한 영향을 받았으며, 정열적인 스페인의 이미지와는 딴판으로 소
박한 느낌이다. 투우가 금지된 자치주이기도 하다. 스페인어 외에 카탈루냐어를
공용어로 쓰고 있다.

▲ 세비야의 투우 경기장

❸ 안달루시아

(자치주 : 안달루시아)

이베리아 반도 남부에 위치하며, 지브롤터 해협을 사
이에 놓고 아프리카와 마주 보고 있다. 우리가 일반
적으로 알고 있는 스페인의 이미지에 가장 가까운
지역이다. 이슬람 왕조 시절 50만 명이 살았다는 코
르도바, 알람브라 궁전이 있는 그라나다, 투우와 플
라멩코로 유명한 세비야 등 매력적인 관광 명소가
집중되어 있다.

❹ 은의 길과 에스트레마두라

(자치주 : 에스트레마두라)

스페인에서 가장 오래된 대학이 있는 살라망카, 로마
인들이 건설했던 '은의 길'을 비롯해 유적, 건조물, 박
물관 등이 많다. 로마 유적에서부터 중세의 모습이
남은 마을까지 아름다운 전원 풍경이 펼쳐진다.

▲ 카세레스 시의 중세 유적

❺ 스페인 북부

(자치주 : 갈리시아, 아스투리아스, 칸타브리아, 바스크)

프랑스와 국경을 이루는 피레네 산맥의 남서쪽에 위
치하고 있다. 예루살렘, 로마와 함께 가톨릭 3대 성지
로 꼽히는 산티아고 데 콤포스텔라가 갈리시아 지방
에 있다. 이곳으로 이어지는 '순례의 길'이 매우 유명
하다. 이들 도시에는 종교적인 건축물이 많으며, 스페
인 가톨릭의 영향이 짙게 배어 있다.

▲ 성 야곱의 유해가 안치된
산티아고 대성당

돈 키호테의
'무엇이든 물어보세요'

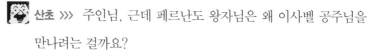

산초 〉〉〉 주인님, 근데 페르난도 왕자님은 왜 이사벨 공주님을 만나려는 걸까요?

돈 키호테 〉〉〉 오호, 잘 물어봤다. 그건 말이지, 후일 레콩키스타라 일컬어지는 국토회복운동과 깊은 관련이 있다.

산초 〉〉〉 국토회복운동이라굽쇼?

돈 키호테 〉〉〉 그래. 옛날, 우리가 사는 이베리아 반도에는 북유럽에서 내려온 서고트 왕국이 자리 잡고 있었다. 그러나 711년, 북아프리카의 아라비아 반도에서 넘어온 무어인들이 이 왕국을 무너뜨리고 800년간 이베리아 반도를 지배하게 되지. 그 이베리아 반도를 되찾아 통일하기 위해 꾸준히 싸운 운동을 바로 국토회복운동, 스페인 말로 레콩키스타라 부르는 것이다. 이제 알겠느냐?

산초 〉〉〉 레콩키스타가 그럼 800년이나 걸린 겁니까?

돈 키호테 〉〉〉 음! 서고트 왕국의 후예들도 오랜 싸움 때문에 나라가 조각조각 나 있었거든. 그래서 도저히 영토를 통일할 기력이 없었던 것이다. 하지만 15세기에, 이베리아 반도에서 가장 큰 세력이었던 아라곤 연합왕국과 카스티야 연합왕국이 결합하면서 이야기가 달라지지.

산초 〉〉〉 아하! 아라곤의 페르난도 왕자님과 카스티야의 이사

벨 공주님이 결혼했기 때문이군요?

 **돈 키호테** ⟫⟫ 우후훗, 이 녀석. 너무 많은 걸 알려고 들지는 말아라. 때로는 너무 많이 아는 것도 화가 될 수 있느니라. 다 때가 되면 아는 법!

산초 ⟫⟫ 그럼, 대항해시대란 무엇입니까요?

돈 키호테 ⟫⟫ 그건 해적왕 루피가……. 엇흠, 이건 다른 얘기였군. 대항해시대란, 15세기부터 17세기까지 유럽의 배들이 전 세계의 바다를 돌아다니며 새로운 길을 찾아내고 탐험을 하던 시기를 가리키느니라.

산초 ⟫⟫ 어라? 왜 하필 그때 다들 탐험을 하러 갔는데요?

돈 키호테 ⟫⟫ 이베리아 반도가 세계의 끝이 아니라, 그 뒤에 미지의 땅이 있다는 사실이 알려졌기 때문이지. 크리스토발 콜론이 아메리카 대륙까지 여행하는 데 성공하지 않았느냐.

 산초 ⟫⟫⟫ 그래서 모두들 새로운 땅을 찾으러 떠난 것이군요?

 돈 키호테 ⟫⟫⟫ 허허, 바로 그렇지! 새로운 소식에 자극받은 유럽의 사내들은 모두 탐험가나 모험가가 되고 싶어 안달을 냈느니라. 많은 사람들이 유럽 서쪽의 바다를 지나 아시아로 가고 싶어 했지. 그곳에 가면 돈과 명예를 얻을 수 있다고 생각했거든. 특히 먼저 항로 개척을 시작한 포르투갈과 스페인이 격렬하게 경쟁했느니라. 두 나라의 분쟁을 해결하기 위해 토르데시야스 (Tordesillas) 조약이 이루어지게 되지.

 산초 ⟫⟫⟫ 네? 토르… 뭐라굽쇼? 그게 뭔데요?

 돈 키호테 ⟫⟫⟫ 스페인과 포르투갈이 서로 남미 대륙이 자기네 땅이라고 우겨 대서 로마 교황이 중재에 나선 사건이지. 교황은 베르데 제도에서 서쪽으로 약 600킬로미터 떨어진 지점에 남북으로 선을 긋고, 선을 중심으로 서쪽에서 발견되는 영토는 스페인이, 동쪽에서 발견되는 영토는 포르투갈이 차지하라고 선언했느니라. 양국은 약 1년쯤 협의한 후 경계선을 좀 더 서쪽인 서경 46도 37분으로 옮겼는데, 이것이 바로 토르데시야스 조약이다. 이 때문에 남미 중에서 브라질만이 포르투갈의 영토가 되었던 것이다. 현재 멕시코, 아르헨티나, 쿠바 등 남미 나라들이 거의 스페인어를 사용하는 데 반해 브라질만이 포르투갈어를 사용하는 이유지.

 산초 ⟫⟫⟫ 헤에, 그런 일도 있었구만요. 하지만 다들 겁도 없네요. 새로운 땅은 위험하지 않습니까요?

돈 키호테 >>> 그야 위험하긴 하지. 하지만 이때가 스페인의 황금기였느니라. 신대륙에서 어마어마한 양의 은을 가져온 덕에 스페인을 포함해 전 유럽의 물가가 대폭 상승했다지? 그 때문에 상인들의 세력이 커지면서, 유럽 사회가 자본주의 중심으로 급격히 변화하는 원인이 되었고. 가장 먼저 바다로 진출한 스페인의 '무적함대'는 전 세계를 누비고 다니며 식민지를 만들었어. 덕분에 세계에서 가장 널리 쓰이는 언어 중 하나가 스페인어가 되지 않았느냐.

산초 >>> 하지만 지금 세계에서 가장 널리 쓰이는 언어는 스페인어가 아니라 영어인뎁쇼.

돈 키호테 >>> 떽~! 네가 아픈 곳을 건드리는구나. 대항해시대 때 스페인은 최강대국이었지만, 17세기에 영국 함대와 싸우다가 졌느니라. 영국 해적이 자꾸 식민지의 보물이 담긴 스페인의 함대를 습격하기에 콧대를 꺾어주러 갔다가 도리어 우리가 꺾이고 온 거지.

산초 >>> 그러면서 대항해시대도 끝난 거로군요. 참으로 아까운 일이네요. 잘하면 저도 거기서 한탕 잡을 수 있었는데…….

돈 키호테 >>> 무슨 말을 그리 하느냐? 내가 모험에서 승리하기만 하면 너를 섬의 영주로 만들어 주겠다 약속하지 않았느냐?

산초 >>> 하지만 주인님이 약속하신 게 벌써 몇 년 전인데 섬은커녕 콩알 한쪽도 얻기 힘든 신세 아닙니까. 저도 딸린 처자식이 있는 몸이라구요.

돈 키호테 >>> 조금만 참거라. 대항해시대는 이미 유행이 지났으니, 이제부터는 우리 기사들의 시대가 올 것이니라.

산초 >>> 기사들의 시대야말로 한참 전에 유행이 지난 것 같은뎁쇼…….

돈 키호테 >>> 가자, 산초~!

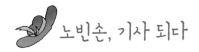 노빈손, 기사 되다

어디선가 메에~ 하고 양 우는 소리가 들려왔다. 이베리아 반도의 이글거리는 태양은 지치지도 않고 타올랐고, 걷다 걷다 지친 노빈손은 복날 강아지처럼 혀를 길게 빼문 채 허덕이고 있었다. 말은 안 했지만 이사벨과 산초도 힘든 눈치였다. 하지만 돈 키호테만은 땀을 뻘뻘 흘리면서도 의연한 얼굴이었다. 양철 갑옷 때문에 곱절로 더울 텐데 정말 무서운 고집이다.

"공주님, 그동안 고생 많으셨습니다. 이제 왕자님이 계신 곳은 코 앞입니다."

"여기가 어디쯤이죠?"

"바야돌리드입니다. 여기 성에서 좀 쉬다 가시죠. 제가 왕자님을 이리로 모셔 오도록 하겠습니다."

돈 키호테가 짱짱한 목소리로 말했다. 하지만 주위를 두리번거리던 노빈손은 조금씩 불안해졌다. 일행이 가는 길 양쪽으로 펼쳐진 것은 평범한 풀밭과 시골집들뿐이었다. 성 같은 건물은 그림자도 보이지 않았다.

'아무리 봐도 그냥 시골마을인데……'

기사 문학이란?

기사 문학은 12세기 중엽부터 13세기에 걸쳐 유럽에서 성행하던 기사도와 귀부인 숭배를 주제로 한 설화 문학을 총칭하는 것으로, 전쟁과 무공을 묘사한 무훈 서사시나 영웅 서사시와는 분명히 구별되는 궁정 풍의 작품을 말한다. 특히 귀부인에 대한 헌신과 전쟁의 무용담, 주군에 대한 충성은 중요한 규범으로 기사 문학에 많이 나타나는 소재다. 기사 문학의 대표작들로는 『롤랑의 노래』, 『아서왕 이야기』, 『니벨룽겐의 노래』 등이 있다.

"이 성은 제가 영혼의 별로 모시고 있는 둘시네아 공주님의 영지 랍니다. 그러니 안심하고 계셔도 좋습니다."

"둘시네아 공주님이요?"

왠지 뚱뚱할 것 같은 느낌을 주는 이름을 들은 노빈손이 반문했다. 돈 키호테의 눈동자가 번쩍 빛났다.

"이런, 시골뜨기 녀석! 아직도 우리 공주님의 존함을 들어 보지 못했느냐? 꽃 중의 꽃, 별 중의 별, 그 피부는 백옥 같고, 그 미소는 천사들조차도 시기할 만큼 아름답다. 그 분이 내가 모시는 공주님이란다."

"아, 하하하, 예……."

하트 모양의 눈을 한 돈 키호테가 황홀한 표정으로 닭살 돋는 대사를 줄줄이 늘어놓자, 노빈손은 등골에 돋아나는 소름을 대패로 밀고픈 충동을 느꼈다. 하지만 한편으로, 얼마나 예쁜 공주님이기에 저렇게까지 말하는지 은근히 기대가 되기도 했다.

"오, 저기 계시는구나! 둘시네아 공주님께서!"

길 건너를 바라본 돈 키호테가 연극 대사를 읊는 것처럼 팔을 들어 올리며 환호성을 올렸다. 이사벨과 노빈손도 그쪽을 바라보았다. 일행이 걸어가는 시골길 끝에서 누군가가 밀가루 푸대를 짊어지고 성큼성큼 걸어오고 있었다.

떡 벌어진 어깨, 싱싱한 무처럼 굵은 다리, 심히 강맹해 보이는 주먹. 분명 치마를 입고 있었지만, 실로 건장한 모습이었다. 거리가 가까워지자 통통한 얼굴 위에 주근깨가 다닥다닥 박혀 있는 것이 보였다. 참 익숙한 저 얼굴은…….

노빈손은 입을 딱 벌렸다.

"마마마마마… 말숙이?!"

"둘시네아 공주님!"

노빈손의 비명은 돈 키호테의 외침에 묻혀 사라져 버렸다. 나이에 안 어울리게 무서운 속도로 쌩하니 달려간 돈 키호테는 그 처녀의 앞에 철푸덕 무릎을 꿇고 고개를 숙였다.

"공주님! 라만차의 돈 키호테, 지금 막 돌아왔습니다."

"아니, 이 이상한 영감님이 또 왔네? 공주님이라니, 지금 날 놀리는 거예요?"

처녀의 이마에 힘줄이 턱 잡히더니 불그락푸르락 다채로운 색으로 변하기 시작했다. 쿵, 하는 소리와 함께 처녀의 손에 있던 밀가루 푸대가 땅에 내려앉았다. 맞잡은 처녀의 양손에서 나는 관절 꺾는 소리가 우드득우드득, 노빈손이 서 있는 곳까지 들려왔다. 영락없는 말숙이였다. 저럴 때 보통 말숙이가 취할 다음 행동을 알고 있는 노빈손은 더 참지 못하고 뛰어나갔다.

위험해요, 할아버지!

그러나 돈 키호테는 처녀의 찡그린 미간을 향해 외쳤다.

"오오, 여전히 아름다우시군요. 여러 나라

미겔 데 세르반테스

스페인이 낳은 세계적인 문호. 레판토 해전에 참가하여 왼손에 상처를 입었고 알제리에서 노예 생활을 하기도 했으며 가난하게 일생을 보냈다. 인물의 성격 묘사에 특히 뛰어난 실력을 보이며, 『돈 키호테』로 명성을 얻었다. 1616년 4월 23일 마드리드에서 사망하였는데, 이 날은 셰익스피어의 사망일과 같다. 유네스코는 이 날을 '책의 날'로 지정해 기념하고 있다.

를 돌아다니며 공주님처럼 아름다운 분은 없다는 사실을 확인하고 왔습니다. 장미꽃조차 공주님 앞에서는 부끄러워할 것입니다."

"그… 그래요? 오호호, 이 영감님이 뭘 좀 아시네?"

당장이라도 폭발할 기세였던 처녀의 얼굴이 풀어지면서 간드러진 웃음이 비어져 나왔다. 오히려 반론은 엉뚱한 곳에서 터졌다.

"뭐라구요!"

돈 키호테의 머리가 고개를 돌리는 닭처럼 빠른 속도로 홱 움직였다. 노빈손이 어이를 상실했다는 표정으로 처녀와 돈 키호테를 번갈아서 바라보았다.

"할아버지, 아무리 목숨이 아까워도 그렇지, 아니 기사란 분이 어떻게… 어떻게 그런 아부를 침도 안 바르고 할 수 있어요? 말숙이가 장미꽃이라니, 장미꽃한테 미안하지도 않으세요?"

"네 이노—옴!"

돈 키호테가 분노의 호성을 지르며 발딱 일어섰다. 급격한 움직임 때문에 허리가 아픈 건지 여윈 두 다리가 휘청거리는 게 보였다. 하지만 돈 키호테는 개의치 않는 듯 칼끝을 노빈손에게 겨누었다.

"감히 세상에서 가장 아름다운 나의 둘시네아 공주님을 모욕하다니!"

"아니, 전 그게 아니라……."

안토니오 가우디
19세기에 스페인에서 태어난 세계적인 건축가. 벽과 천장의 곡선미를 살리고 섬세한 장식과 색채를 사용하는 등 그의 작품은 아르누보(불어로 '새로운 예술'이란 뜻으로, 기존 형식에 구애받지 않는 새로운 창작 운동을 말함)의 영향을 많이 받았다. 바르셀로나를 중심으로 많은 건축 작품을 남겼으며, 미로와 같은 구엘 공원, 구엘 교회의 제실 등이 유명한 작품이다. 그중에서도 사그라다 파밀리아 대성당은 필생의 대작이다.

노빈손은 변명하려고 손을 흔들었지만, 돈 키호테는 그를 본 척도 하지 않고 장갑을 한 짝 벗어 노빈손의 발치에 내던졌다.

"노빈손, 너에게 결투를 신청한다!"

"네? 결투요?"

뜬금없는 돈 키호테의 선언에 노빈손은 입을 떡 벌렸다.

"아니, 잠깐만요 할아버지!"

"잔말 필요 없다! 어서 창을 뽑아라!"

"창은 무슨 창이 있다고 그러세요! 그리고 전 기사도 아닌데 결투는 무슨 결투예요!"

절규 같은 노빈손의 항의가 하늘 위로 메아리쳤다. 옳거니, 이 변명은 좀 먹혔는지 돈 키호테가 움찔하는 것이 보였다. 그때 노빈손 뒤에 있던 이사벨이 성큼성큼 걸어 나와 돈 키호테의 칼을 빼앗아 들었다.

"노빈손, 무릎을 꿇어라."

"예? 갑자기 무슨……."

"어서!"

영문도 모르고 노빈손이 무릎을 꿇자, 이사벨은 칼을 높이 들어 올렸다. 무슨 소란인가 싶었는지, 여기저기서 마을 사람들이 몰려들고 있었다. 갑자기 시골 마을길 위에 엄숙한 침묵이 감돌았다. 누군가의 목구멍에서 침이 꼴깍 넘어가는 소리가 들렸다.

마상 창 경기

마상 창 경기란, 중세의 기사들이 장창을 들고 말 위에 올라 서로를 안장에서 떨어뜨리는 시합이다. 소규모 기병전 형식의 경기를 토너먼트(Tournament)라고 하고, 두 사람의 기사가 맞붙는 형식을 쥬스트(Joust)라고 한다. 오늘날 여러 팀이 순차적으로 맞붙는 경기 형식을 가리키는 단어 '토너먼트'는 여기서 유래되었다.

이사벨의 칼날과 노빈손의 머리가 서로 햇빛을 반사해 눈부시게 빛났다.

"카스티야와 레온의 왕족으로서 가지고 있는 나의 권한으로, 노빈손."

어랏? 왠지 불안한데. 이 대사는, 설마……

"그대를 카스티야의 기사로 임명하노라."

"예?"

이사벨의 칼등이 입을 쩍 벌리는 노빈손의 어깨를 가볍게 내리쳤다. 그와 동시에 와 하는 마을 사람들의 함성이 사방에 울려 퍼졌다.

"우아, 진짜로 기사 임명식이야!"

"너무 멋지다, 나 이런 거 처음 봐!"

"결투라잖아, 결투! 기사들끼리!"

"마상 창 시합이래!"

"우아! 그건 귀족들이나 구경할 수 있는 거 아니었어?"

"공주님의 명예를 걸고 결투하는 거라며?"

"정말 옛이야기 속에서 뽑아낸 장면 같지 않니?"

노빈손이 정신을 차리고 보니, 주위가 온통 눈을 반짝이는 사람들로

가득했다. 동구 앞에 온 마을 사람들이 다 몰려나온 것만 같았다. 뒤쪽에서는 돈 키호테가 인터뷰를 하고 있었다.

"결투에 임하게 된 소감은?"

"내 기필코 승리하여 둘시네아 공주님의 명예를 되찾고 말 것이오!"

"할아버지! 도대체 무슨 소리를 하고 계시는 거예요!"

노빈손의 애처로운 절규를 묻어 버리려는 것처럼, 틈도 주지 않고 말숙이 처녀(?)가 돈 키호테 앞으로 걸어 나왔다. 우욱! 사뿐사뿐 걷는 모습을 보고 있자니 손발이 오그라든다!

"나의 용맹스런 기사 돈 키호테여, 그대가 내게 승리를 바치는 순간을 기대하고 있겠소."

"저기요, 정말 아가씨까지 왜 그러세요!"

기가 차다는 듯한 노빈손의 항변에 말숙이 닮은 처녀가 고개를 돌려 눈살을 찌푸렸다.

"무엄한 것! 어디서 까불고 있는 게냐. 나는 바야돌리드 공국의 하나뿐인 왕위계승자, 프린세스 둘시네아다!"

심지어 돈 키호테에게 설득당했어! 기가 차서 이젠 말도 안 나오는 노빈손을 내버려 두고 말숙이, 아니 프린세스 둘시네아(?)는 주머니에서 뭔가 지저분한 천 쪼가리를 꺼냈다. 프린세스 둘시네아가 수줍은 듯이 그것을 돈 키호테에게 건네자, 마을 사람들이 일제히 환호성을 올렸다. 둘시네아 앞에 무릎을 꿇은 돈 키호테는 당장이라도 눈물을 흘릴 것처럼 그렁그렁한 눈으로 그녀를 바라보았다.

"오오, 공주님……."

"승리를 기원하며 그대에게 드리는 정표라오. 소중히 간직하시오."

얼씨구, 점점 더 하는군. 그렇다고 걸레 조각을 주면 어떡해! 할아버지도 진심으로 감동하면서 그런 것 받지 말란 말이에요!

"이 라만차의 돈 키호테, 목숨을 바쳐서라도!"

이런 쓸데없는 일에다 목숨까지 바치지 마세요, 제발!

이제 분위기는 걷잡을 수 없이 달아오르고 있었다. 궁지에 몰린 노빈손은 이사벨을 향해 고개를 돌렸다. 이사벨은 뭐가 잘못되었냐는 듯이 천연덕스런 표정으로 그를 마주 보았다.

"공주님!"

"왜 그러느냐? 돈 빈손."

"돈 빈손이라고 부르지 마세요! 제 머리가 돌아 버린 것 같잖아
요!"

"무슨 실례되는 소리를! '돈'은 기사에게 붙여지는 호칭이니 영광
으로 알거라."

"공주님! 정말 이러실 거예요? 무슨 속셈이세요?"

노빈손은 거의 울상이 되어서 항의했지만, 이사벨은 진지한 눈빛
이었다.

"노빈손, 사나이로 태어나 숙녀의 명예를
더럽혔으니 그 응분의 대가를 치르는 것 또
한 당연한 귀결 아니겠느냐?"

"허억! 지금 같은 여자라고 편드시는 거
예요?"

"편은 무슨! 약자를 보호하고 숙녀를 존
중한다. 이것이 바로 기사도니라."

기사도는 무슨 기사도. 이거야 원, 중세
사람들과는 무슨 말을 못 하겠네, 상식이
완전히 다르니!

얼이 빠진 노빈손이 허둥대는 동안, 사람
들은 어디에선가 녹슨 갑옷이며 부러진 마

하나님, 나 알죠?
역사학자인 페르난도 디아스 플
라하는 저서 『스페인 사람과 일
곱 가지 중죄』에서 '스페인 사람
들은 신과 직접 연결되는 개인
전화연락망을 갖고 있다'고 말했
다. 왜냐하면 스페인 사람들은
신에게 바라는 것이 있으면 신을
매수(?)하기 때문이다. 예를 들어
우리 아들을 시험에 통과시켜 주
면 10만 원을 헌금하겠다든가 하
는 식이다. 신은 인간의 연약함
을 너무나 잘 이해하는 존재이기
때문에 쉽게 인간을 용서할 거라
고 믿고 있다. 이런 모습은 중세
문학 작품인 『성모 마리아의 기
적』에 잘 나타나 있다.

71

상 경기용 창이며 동네 나귀를 끌고 왔다. 어떤 사람들은 한쪽 구석에서 누가 이길 것인지를 놓고 돈 내기를 하고 있었다.

어어어 하는 사이에 노빈손은 녹이 잔뜩 슨 갑옷을 입고 나귀에 올라탔다. 그나마도 투구가 없어서 이발사 아저씨가 들고 온 면도 대야를 머리에 대신 써야 했다. 노빈손은 창피한 나머지 죽고만 싶었다. 이게 무슨 바보 기사 선발대회도 아니고!

즉석에서 결투 장소로 정해진 마을 언덕으로 올라가니 돈 키호테가 기세 좋게 외쳤다.

"기다렸다! 나의 숙명의 라이벌, 돈 빈손이여!"

"아~악! 할아버지랑 나 사이에 언제부터 그런 설정이 생긴 거예요?"

그러나 이미 수습하기엔 늦은 상태였다. 땅 위에 꽂혀 있는 마상 경기용 창과, 엄청 기대하는 눈빛으로 몰려든 구경꾼들. 노빈손은 눈을 질끈 감았다. 왜 내가 나서면 일이 이렇게 거창해지는 거야! 작가의 음모다!

"자, 창을 뽑으십쇼! 준비~!"

즉석 심판으로 나선 누군가가 외쳤을 때였다.

뿌우우~.

어디선가 뿔피리 소리가 들려왔다. 갑작스런 전투 개시 소리에, 사람들은 모두 술렁거리며 주변을 둘러보았다. 먼저 소리가 난 곳을 발견한 사내가 고함을 질렀다.

"저기다!"

사람들의 눈이 모두 그쪽으로 쏠렸다. 조금 떨어진 언덕 위에 말에 탄 기사 하나가 보였다. 대야를 머리에 쓴 노빈손이나 말라깽이 말을 탄 돈 키호테와는 달리, 완벽하게 중무장을 한 기사였다. 은빛 갑옷이 십리 밖에서도 보일 것처럼 찬란하게 빛났고, 손에 든 장창은 방금 멧돼지라도 한두 마리 잡고 온 듯한 위용을 자랑하고 있었다. 그의 검은 콧수염이 산들바람에 흔들렸다.

가장 먼저 그가 누군지 알아본 노빈손이 비명을 올렸다.

"어엇! 저건 프랑코잖아?"

그랬다. 그것은 이사벨을 쫓아온 엔리케의 부하 프랑코였다. 노빈손과 돈 키호테, 그리고 주위에 둘러선 사람들을 본 프랑코가 파안대소를 했다.

"와하하하하하! 공주, 뭘 하나 했더니 이번엔 기사 놀이인가? 하지만 이제 장난은 끝이오!"

"무엄한 놈! 지난번에 보기 좋게 당하고도 기세가 등등하구나!"

이사벨이 맞받아치자 프랑코의 얼굴이 일그러졌다.

"내가 저런 늙은이에게 당할 거라 생각하나? 잠시 방심했을 뿐이다. 이번엔 그렇게 안 될걸!"

"네 이놈! 잠시 방심했을 뿐인지 아닌지 어디 한번 보자! 그라나다의 사악한 기

최고의 기사에게 바치는 노래
용맹한 기사 엘 시드의 무용담을 찬양한 『엘 시드의 노래』는 카스티야어로 된 최초의 작품으로, 스페인 문학의 효시라 할 수 있다. 입에서 입으로 전해지던 엘 시드의 이야기는 1140년에 메디나셀리의 어떤 방랑시인에 의해 최초로 기록되었는데, 1307년에 페르 아밧이 3,730행으로 쓴 필사본이 유일하게 전해지고 있다.

사 프랑코여!"

"그런 설정은 또 언제 생겨난 거예
요!"

노빈손이 외치거나 말거나,
돈 키호테는 분기탱천한 얼
굴로 프랑코를 향해 고삐를
잡아당겼다. 돈 키호테의 말
이 히히힝 하고 울며 힘차게
앞발을 들어 올렸다. 햇빛의
마법인가 화려한 동작 때
문인가, 볼품없고 털
빠진 말 위의 돈 키호
테가 순간 전설 속의
기사 엘 시드처럼
느껴졌다.

그러나 다음 순간.

"어억!"

돈 키호테가 허리를
잡으며 우뚝 멈춰 섰다.
고통을 다스리는 것처럼

잠시 그 자세로 굳어 있던 돈 키호테가

깡마른 팔을 푸들푸들 떨면서 간신히 한 마디를 꺼냈다.

"허, 허리가……."

"에에에엑?"

맙소사! 이 할아버지가 결정적인 순간에 정말!

프랑코가 먼지바람을 일으키며 맹렬하게 이쪽으로 달려오고 있었다. 햇빛에 번득이는 그의 창. 마을 사람들은 놀라며 물러서고 있고, 공주님은 무방비 상태고, 돈 키호테는 허리를 삐었다! 남은 건 그나마 말 위에 타고(나귀지만) 투구를 쓴(대야지만) 자신밖에 없었다. 노빈손은 이를 악물었다.

"좋아, 한번 해보자!"

노빈손은 나귀 옆에 꽂혀 있는 마상용 장창의 손잡이를 잡고 힘껏 잡아당겼다. 입에서 힘찬 기합이 터져 나왔다.

"으아아아아아! …아아아아?
어. 어라? 낑낑!"

그런데 이게 웬 일인가.

자, 잠깐
타~임!
난 아직
준비가…

야! 지금
낙서 하고 있을
때냐?

타임
끄적-
끄적-

중세 기사들이 결투용으로 사용한 그 장창은 상상한 것 이상으로 무거웠다! 아무리 기를 쓰고 용을 빼도, 노빈손의 힘으로는 도저히 그 것을 똑바로 들어 올릴 수 없었다. 기껏해야 땅에 직직 끄는 정도? 노빈손의 눈앞이 캄캄해졌다.

"이걸로 어떻게 싸우란 말이야!"

"받아라아아앗!"

프랑코는 이미 지척까지 다가와 있었다. 에라, 모르겠다!

"이거라도 받아랏!"

노빈손은 머리 위에 쓰고 있던 대야의 가장자리를 잡고 프랑코를 향해 힘껏 내던졌다. 휘릭! 면도 대야가 둔탁한 금속의 빛을 발하며 빙글빙글 부메랑처럼 프랑코에게 날아들었다. 그러나······.

"얼레?"

비실비실 날아가던 면도 대야는 프랑코를 맞추기는커녕, 채 닿지도 못하고 프랑코가 달려드는 길 앞에 힘없이 떨어지고 말았다. 프랑코가 신나게 비웃는 소리가 노빈손에게까지 들렸다.

"음하하하하! 어리석은 것, 어물전 망신은 꼴뚜기가 다 시킨다더니 네놈이······. 으헉?"

미끌! 힘차게 달려오던 프랑코의 말은 그만 노빈손이 던진 면도 대야를 밟고 넘어져 버렸다.

어물전 망신은 꼴뚜기가 다 시킨다

못난 것은 언제나 제가 속해 있는 집단에 불명예를 끼친다는 뜻이다. 꼴뚜기가 예전부터 볼품없고 가치가 적은 물고기로 인식되어 왔기 때문이다. 꼴뚜기로는 흔히 젓갈을 담가 먹는다. 비슷한 속담으로 '과일전 망신은 모과가 시킨다'라는 말도 있다.

"이힝힝힝!"

"으아아아!"

우당탕탕! 말이 쓰러지자, 프랑코는 달려오던 기세가 무색하게 낙마하고 말았다. 땅에 나뒹구는 프랑코를 본 노빈손이 멈칫했을 때였다. 뒤에서 이사벨의 날카로운 외침이 들려왔다.

"노빈소오오오온!"

"공주님?"

소리가 들린 쪽으로 고개를 돌린 노빈손은 깜짝 놀랐다. 두두두두……. 거대한 땅울림과 함께 달려오는 무수한 양 떼들이 보였다. 그 뒤쪽에서, 이사벨이 풀을 뜯던 양 떼들을 자신과 프랑코 쪽으로 몰아넣고 있었다.

"노빈손! 비켜비켜비켜!"

"우아아아아아!"

엄청난 양 떼를 보고 기가 질린 노빈손은 재빨리 도망쳤다. 겨우 비틀비틀 일어서던 프랑코도 그 광경에 기겁을 했다.

"에에에에엑?"

그러나 이미 늦었다. 곧장 달려가는 양 떼들은 땅 위의 프랑코를 그대로 밟고 지나갔다. 무거운 갑옷을 추스르지 못해 허우적대던 프랑코는 양 떼들의 폭주 아래 고스란히 밟히는 신세가 되었다.

"끄아아악! 꽥! 네놈… 들! 어푸! 다음에… 두고 보자!"

결국 프랑코는 커다란 양 한 마리에 매달린 채 언덕 너머로 멀리 멀리 사라져 갔다.

"실로 훌륭한 전투였다, 돈 빈손. 바야돌리드 언덕에서 악의 기사 프랑코를 물리치고 카스티야의 공주를 지켜낸 그대의 용맹은 앞으로도 영원히 전해질 것이다."

이사벨이 미소를 지으면서 말했다. 머쓱해진 노빈손은 뒤통수를 긁적이며 대답했다.

"아… 예……. 저야 그저 제 의무를 다한 것뿐입니다, 공주님."

이것 참. 내가 정말로 기사가 된 것 같잖아? 하지만 이런 기분도 나쁘지는 않았다.

"그래서 말인데, 부탁이 있다."

"무엇입니까?"

"아까의 싸움에서 돈 키호테가 허리를 삐끗했다고 한다. 그를 이대로 내버려 둘 수는 없고, 나도 기나긴 여행에 지쳐서 잠시 쉬고 싶구나. 그러니 네가 페르난도 왕자님을 찾아 이곳으로 데리고 와 주지 않겠느냐?"

이 공주님이……. 살살 띄워 주더니만 결국 나한테 심부름을 시키겠다는 거잖아? 하지만 불쾌하지는 않았다. 이것이 바로 기사도라는 걸까?

"네, 알겠습니다. 바로 왕자님을 모시고 오겠습니다!"

노빈손은 고개를 숙인 뒤, 말라빠진 돈 키호테의 말 위에 올라타고 사람들의 전송을 받으며 혼자 마을 밖으로 떠났다.

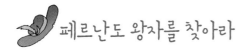# 페르난도 왕자를 찾아라

"헉, 헉……. 마을! 마을은 어디 있는 거냐!"

혼자 떠나온 지 얼마나 되었을까.

씩씩하게 인사하고 혈혈단신 여행에 나섰건만, 노빈손은 페르난도 왕자를 찾기는커녕 길을 잃고 헤매고 있었다. 얼마간의 여비는 갖고 있었지만 그것도 사람 사는 마을이 나와야 쓸 수 있는 것이다. 말 허리에 매달아 놓은 물통은 이미 텅 비어 있었다. 돈 키호테로부터 빌려 타고 나온 말, 로시난테도 지쳤는지 히힝거리며 힘없는 콧소리를 냈다. 이베리아 반도 위로 내리쪼이는 햇볕은 이글이글 뜨거웠다. 챙 넓은 모자로 직사광선을 가렸지만 안쪽으로 땀이 차는 것은 어쩔 수 없었다.

생각해 보면 지리를 잘 알지도 못하는 노빈손이 혼자 사람을 찾아 길을 나선 것부터가 말도 안 되는 일이었다. 바보 같은 공주님, 왜 하필 나한테 이런 심부름을 시킨 거야! 이거 완전히 속아 넘어간 거 아냐? 약이 오른 노빈손은 저도 모르게 발을 굴렀다.

"어어어… 어?"

쿵! 발을 구르는 노빈손의 신호를 어떻게 해석한 건지, 갑자기 로시난테가 몸을 트는

양털을 팔아서 먹고 산 카스티야

13~15세기, 카스티야의 주요 교역 산물은 양모였다. 양모 수출 덕분에 새로운 교역 항구가 계속 생겨났으며, 심지어 전 국가 경제가 양모를 기반으로 하고 있었다. 흑사병 때문에 찾아온 14세기의 불황도 양모 중심의 수출로 극복하였다. 그러나 농업 및 목축 등 기초 농산물에 의존하는 경제 체제로 인하여 상업 혁명은 나타나지 않았다.

바람에 노빈손은 그만 말 위에서 떨어지고 말았다. 퍼석퍼석한 모래 위에 처박힌 엉덩이가 아팠다.

"아오, 진짜. 야! 바보 말! 너 이리 안 와!"

겨우 툭툭 털며 일어난 노빈손이 짜증을 냈지만, 로시난테는 들은 척도 않고 길옆에 난 풀을 우적우적 뜯어먹을 뿐이었다. 저 혼자 식사하는 말을 보자 노빈손의 뱃속에서도 꾸르륵 소리가 들려왔다. 하지만 갖고 있던 먹을 것은 전부 뱃속에 털어 넣은 지 오래. 할 수 없이 노빈손은 비틀대며 로시난테에게로 걸어갔다.

"야, 얌전히 말 좀……. 어라?"

노빈손은 말고삐를 잡으려고 손을 내밀었지만, 로시난테는 그 손을 피하기라도 하는 것처럼 어딘가로 걸어가기 시작했다. 그리 빠른 속도는 아니었지만, 노빈손도 지쳐 있던 터라 뒤를 따라가는 것이 고작이었다. 바싹 마른 입술을 핥으니 까끌까끌했다.

"야! 너, 어딜 가는 거야! …엉?"

로시난테를 따라 풀숲을 헤치고 들어간 노빈손의 눈앞에 나무에 묶인 노새가 보였다. 그 옆에는 허름한 옷차림의 낯선 청년이 풀 위에 앉아 가방에서 막 빵을 꺼내는 중이었다.

빵!

그 즉시 노빈손의 시선은 빵에 꽂힌 채 머리 위의 태양만큼이나 강렬하게 타오르기 시작했다. 입 언저리에서 침까지 흘렀다. 청년은 뻘쭘한 눈빛으로 노빈손을 바라보았다.

"누구신지?"

노빈손은 그대로 그 자리에 꿇어앉아 큰절을 넙죽 올렸다.

"아저씨! 아니, 사장님! 제발 제발 제게 그 빵 한 쪽만 나눠 주시면 안 될까요? 너무 기운도 없고 배가 고파서 그럽니다. 한 번만 도와주시면 이 은혜 잊지 않겠습니다."

"하하, 참. 그 정도야 얼마든지."

청년이 빵 한 개를 던져 주었다. 노빈손은 주인이 던진 공을 입으로 받는 강아지처럼 유연한 동작으로 제비돌기를 하며 빵을 받아 물었고, 착지와 동시에 빵을 꿀꺽 삼켜 버렸다.

청년이 혀를 끌끌 차며 물 한 잔을 건네주었다. 물을 마시니 좀 살 것 같았다. 그제야 정신이 든 노빈손은 팔소매로 입을 닦다가 청년을 보고 움찔했다.

청년은 다 떨어진 자신의 가방에서 손수건을 꺼내 바닥에 깔았다. 그 위에 자신이 먹을 빵을 올려놓고, 금으로 된 나이프를 꺼내더니 빵을 조각조각 썰었다. 그러더니 천천히 빵조각을 들어 올려 오물오물 씹기 시작했다.

그 모습을 멀거니 바라보고 있던 노빈손이 입을 열었다.

"저기요……."

"응?"

"혹시 페르난도 왕자님이세요?"

"풉!"

페르난도 2세

아라곤 연합왕국의 왕(1452 ~1516년). 아내인 이사벨 1세와 더불어 가톨릭 부부 왕이라 불린다. 왕자 시절에는 이사벨과 결혼하기 위해 변장하고 카스티야에 숨어들어 온 경력도 있다. 1492년 레콩키스타를 완성한다. 콜럼버스의 발견 덕분에 해외 식민지 시대를 열었다. 이사벨과 페르난도의 치세를 스페인의 황금시대로 정의하는 사람들이 많다.

빵 조각을 씹다 말고 혀를 깨물었는지, 청년은 당황하면서 입을 훔쳤다.

"갑자기 무슨 소릴 하는 게냐? 난 그런 사람 아니다."

"맞는 것 같은데요."

"난 그냥 평범한 노새몰이꾼일 뿐이야."

"평범한 노새몰이꾼이 금나이프로 빵을 썰어 먹는다구요?"

노빈손의 말을 들은 청년은 낭패한 표정으로 자기 손을 내려다보
았다.

"이런……. 평민 변장을 위해 많이 연구했는데, 또 실패한 건가.
그럼 평민들은 어떻게 빵을 먹느냐?"

"어떻게라니……. 그냥 저처럼 먹겠죠."

"뭣이? 그럼 다들 너처럼 공중제비돌기로 빵을 먹는단 말이냐?"

그 말에 슬쩍 찔린 노빈손은 다른 질문을 했다.

"그보다요, 카스티야의 이사벨 공주님이 왕자님을 모시고 오라고
절 보냈거든요."

"오, 그래? 마침 만나 다행이구나. 어
서 공주님이 계신 곳으로 안내하도
록 해라!"

페르난도 왕자가 반색을 하며
벌떡 일어났지만, 노빈손은 엉
거주춤한 자세로 엉덩이를 들
었다 놓았다 했다.

"왜 그러느냐?"

"저기……. 그 빵, 안 드실
거면 제가 먹어도 될까요?"

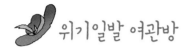 위기일발 여관방

노빈손이 보기에 페르난도의 변장은 어설프기 짝이 없었다. 노새 몰이꾼으로 변장했다면서 달랑 혼자 노새 한 마리를 끌고 다니는 것도 우스웠다.

"노새몰이꾼들은 보통 일행으로 몰려다닌다고요!"

"응? 그러냐?"

"당연하죠. 혼자 다니면 위험하잖아요. 게다가 노새몰이꾼인데 노새가 운반하는 짐도 없는 거예요?"

"그럼 내가 노새 위에 탈 수가 없지 않느냐."

더욱 기가 막혔던 것은, 다음에 도착한 마을에서 페르난도가 숙박료를 지불하겠다며 금화를 꺼내 들었을 때였다. 눈이 튀어나올 것처럼 커지는 여관 주인을 본 노빈손은 재빠르게 페르난도의 금화를 빼앗아 숨긴 다음 적당한 여관 값을 치르고 페르난도를 방 안으로 밀어 넣었다.

"세상에 하룻밤 숙박료로 금화를 내는 사람이 어디 있어요!"

"음? 한 닢으로 부족한가?"

"그런 문제가 아니잖아요! 완전히 '나 수상한 사람이오~' 라고 광고하는 셈이라구요. 여기가 적국이라는 개념은 있으세요?"

"물론이지. 그러니까 이런 낡은 옷으로 변장하지 않았느냐."

"…코디해 주신 분께서 행동에 대해서도 좀 충고해 주셨으면 좋았을 것을……."

볼품없는 여관방이었지만, 그래도 사람이 지은 지붕 아래 몸을 누이니 마음은 편했다. 하루 종일 여행한 뒤라 피로에 지쳐 있던 노빈손은 바닥에서 데굴거리며 허리를 두드렸다. 그러나 페르난도는 앉지도 않은 채 방 안에서 왔다 갔다 했다.

"오오, 이사벨 공주. 그대가 바야돌리드에 있다니! 이제 우리의 거리는 지척이건만, 당장 그대에게 달려가지 못하는 나의 마음은 참으로 애타는구려."

"왕자님!"

페르난도의 끊임없는 중얼거림을 듣다 못한 노빈손이 중간에 끼어들었다.

"좀 진정하고, 일단 앉으세요. 이사벨 공주님이 그렇게 좋으세요? 몇 번 보지도 못하셨다면서요."

"비록 몇 번 보지 못했으나 그녀는 내 영혼의 레이디. 기사는 자신의 레이디를 위해 목숨을 바치는 법이니라."

또 레이디 타령인가? 돈 키호테의 레이디에게 함부로 말했다가 혼쭐이 난 기억이 되살아난 노빈손은 어깨를 움츠렸다.

"지금의 아라곤과 카스티야는 사이가 좋은 편이 아니잖아요. 그런데 왜 군이 이사벨 공주님과 결혼하시려는 거예요?"

'No'라고 말하지 말아요
스페인 사람들은 예의 바르고 친절하다. 외국인이 길을 물으면 목적지까지 손을 붙잡고 데려다 주는 사람도 있을 정도다. 그러나 가끔은 완전히 틀린 길을 알려주기도 하는데, 길을 묻는 사람에게 "잘 모르겠어요."라고 말해서 실망시키고 싶지 않기 때문이다. 부정적인 대답으로 상대를 실망시키느니 거짓말을 하겠다는 것이다. 이런 친절함 때문에 자주 공수표를 남발하는 경향이 있다.

"이사벨 공주가 나와 같은 꿈을 가진 배우자이기 때문이다."

"같은 꿈이요?"

페르난도가 진지하게 고개를 끄덕였다.

"그래. 바로 이베리아 반도의 완전한 통일이지. 우리는 800년 전 이민족의 침략으로 이 땅을 빼앗겼고, 우리들끼리도 사분오열하여 미처 통일된 나라를 세우지 못했어. 하지만, 카스티야와 아라곤이 힘을 합친다면 이민족들을 완전히 몰아내고 반도를 통일하는 것도 꿈은 아니야."

꿀꺽, 목구멍으로 침 넘어가는 소리가 유난히 크게 들려왔다. 레 콩키스타! 반도의 통일은 곧 에스파냐의 탄생을 의미했다.

'그렇군. 이사벨 공주와 페르난도 왕자가 결혼하면서 이베리아 반도에 처음으로 근대 스페인이 세워지는 건가!'

페르난도가 주먹을 불끈 쥐었다.

"허황된 꿈이라고 말하는 사람들도 있지만, 이사벨 공주는 내 말을 웃어넘기지 않았다. 그때 난 결심한 것이다. 공주를 반드시 내 신부로 맞겠다고. 설령 엔리케 왕이 반대한다 해도 말이야."

벌컥! 말꼬리를 자르듯이 여관방 문이 거칠게 열렸다. 화들짝 놀란 노빈손과 페르난도가 동시에 시선을 돌렸다. 열린 문 사이로 덩치 좋은 사내들이 와르르 들어왔고, 두 사람은 순식간에 검과 몽둥이 사이에 포위되고 말았다. 그 사이로 누군가가 뚜벅뚜벅 걸어 들어왔다.

"그래서 쥐새끼처럼 혼자 적국에 숨어들어 오셨다 이건가? 흐흐."

잘난 척 콧수염을 꼬면서 방 중앙에 서 있는 것은 다름 아닌 프랑코였다. 페르난도 뒤에 숨어 있던 노빈손은 그 얼굴을 알아보고 숨을 삼켰다. 헉, 저 녀석이 어떻게 우리가 여기 있는 걸 알아낸 거지?

프랑코 뒤쪽으로 여관 주인이 황급히 몸을 숨기는 게 보였다. 아뿔싸. 역시 금화 때문에 수상한 일행이라는 게 들통 난 모양이구나!

"이사벨은 놓쳤지만, 대신 아라곤의 페르난도 왕자를 체포하게 되었군. 으하하하! 이런 걸 일석이조라고 하던가?"

'전화위복이다, 멍청아.'

노빈손은 프랑코의 귀에 들리지 않게 속으로만 중얼거렸다.

"네 이놈! 무엄하게 어디서 칼을 들이대는 것이냐!"

"어허. 철부지 왕자님이 아직 상황 파악이 안 되신 모양이군. 여긴 카스티야지 아라곤이 아니야. 몰래 숨어들어 온 당신 같은 건 쥐도 새도 모르게 없앨 수 있다 이거야!"

페르난도가 입술을 질끈 깨물었다. 노빈손의 심장은 바싹바싹 타들어 가고 있었다. 좁은 방 안에 상대는 예닐곱 명, 그것도 전부 무장을 하고 있다. 싸워서 도망치는 건 불가능하다. 그렇다고 이대로 끌려가면 끝이다. 어떻게 하면 좋지?

이리저리 굴리던 노빈손의 눈이, 문 너머에서 방 안을 훔쳐보는 여관 주인의 겁먹은

'마냐냐'를 아시나요?
'마냐냐'란 스페인어로 '내일'이라는 뜻이다. 부정적인 것을 싫어하고 느긋한 스페인에서 자주 들을 수 있는 말이다. 언제 서류 처리해 주실 거예요? 마냐냐~. 언제 AS 오실 거예요? 마냐냐~. 이런 식이다. 하지만 그 '내일'은 좀처럼 와 주지 않는다. 물론 부정적인 것보다야 희망적인 사고방식이 좋겠지만. 참고로 '내일은 언제나 태양만 뜬다'는 식으로 앞날을 밝게 보는 경제관을 마냐냐 경제론이라 부른다.

시선과 마주쳤다. 겁에 질린 눈빛. 얼마 전에 어디서 본 듯한…….

그 순간 묘안이 노빈손의 머릿속을 섬광처럼 스치고 지나갔다.

"으, 으윽!"

페르난도는 등 뒤에서 들려오는 신음에 깜짝 놀라 돌아보았다. 방 안쪽에 서 있던 노빈손이 갑자기 가슴을 쥐어뜯으면서 뒹굴고 있었다. 빨갛게 상기된 노빈손에게서 신음이 흘러나왔다.

"노빈손? 왜 그래?"

"뜨거워… 뜨거워요. 흐끼야악!"

노빈손은 급기야 귀신에라도 씌인 것마냥 희한한 단말마의 비명
과 함께 자기 몸을 벅벅 긁기 시작했다. 버둥거리며 뒹구는 바람에
노빈손의 머리를 가리던 모자가 떨어졌다. 그 모습을 본 사내들이
하나 둘 뒷걸음치기 시작했다.

"서, 설마……."

"저 증상은……!"

"아뵤~! 아효효효효!"

노빈손은 온갖 오두방정을 떨면서 아픈 흉내를 냈다. 어처구니없
다는 표정으로 그 모습을 바라보던 프랑코는, 자신이 몰고 온 부하
들이 절반 이상 방 밖으로 나가 있다는 사실을 깨달았다.

"뭐야? 너희들 왜 물러서고 그래?"

"저… 저건!"

프랑코의 부하들은 겁에 잔뜩 질린 눈으
로 서로를 바라보았다. 누군가가 불안한 음
성으로 소리를 질렀다.

"저건 저주받은 병입니다! 저놈은 흑사병
환자라구요!"

"뭐라고? 야 인마, 아냐! 저 자식이 수작
부리는 거……."

"아오아오아오아오와~!"

프랑코의 항변은 노빈손의 괴상망측한 비
명에 묻혀 들리지도 않았다. 그 소리가 신

흑사병의 공포
중세의 유럽을 휩쓸었던 '대흑사
병'은 사망자 수, 구체적 파괴 상
태, 정신적 고통 등에 있어서 제
2차 세계대전에 뒤이어 인류 역
사상 두 번째로 규모가 큰 재앙
이었다. 미국 원자력위원회는 지
리적 범위나 공격의 급박성, 파
괴와 살상의 규모에 있어서 실제
핵전쟁이 벌어졌을 시의 상황과
가장 가까운 사건이라고 보고하
기까지 했다.

호라도 된 듯, 사내들은 전부 무기를 내던진 채 뒤도 안 돌아보고 도 망쳤다. 숨어서 지켜보던 여관 주인은 가장 먼저 내빼고 없었다.

"으아아아! 흑사병이다!"

"야, 이놈들아! 아니라니까! 아니래도!"

프랑코가 애타게 소리를 질렀지만, 부하들의 모습은 이미 보이지 않았다. 움찔거리며 고개를 돌리던 프랑코의 시선이 바닥에서 구르던 노빈손의 눈과 마주쳤다. 핏줄이 벌겋게 선 흰자위와 튀어나올 것처럼 부풀어 오른 동공!

노빈손이 일그러진 미소를 띠었다.

"으ㅎㅎㅎ."

"으아아악! 사람 살려! 흑사병이다!"

결국 참을 수 없었던지, 프랑코도 걸음아 나 살려라 줄행랑을 쳤다. 잠시 후, 언제 그랬냐는 듯이 씩씩하게 일어선 노빈손은 뒤를 돌아보며 이맛살을 찌푸렸다.

"페르난도 왕자님, 왕자님까지 도망치시면 어쩝니까?"

좁은 나무 창문으로 빠져나가려고 필사적으로 엉덩이를 끌어올리던 페르난도는 멋쩍은 얼굴로 방바닥에 내려섰다.

"응? 하하. …그런데, 너 정말 흑사병 아니지?"

"당연히 아니죠! 절 뭘로 보시는 거예요!"

"휴우, 고맙다. 네 덕분에 살았구나."

"방금 전까지 절 피해서 도망치려던 사람의 입에서 들어 봤자 하나도 안 기쁘거덩요?"

그렇게 말하면서도 노빈손은 씨익 웃었다.

"서둘러요! 저 녀석들보다 먼저 공주님한테 가야 해요."

 세기의 청혼

마을에 드문드문 켜진 등불 빛 외에는 아무것도 보이지 않는 한밤 중이었다. 두 개의 그림자가 살금살금 뒷마당으로 숨어들고 있었다. 키가 큰 그림자가 작은 쪽에게 속삭였다.

"노빈손, 공주가 계신 집은 어느 것이냐?"

"아이 참, 채근하지 마시라니까요. 어디 보자……. 이 집이에요!"

"정말이냐?"

당장 대문을 두드리려는 페르난도를 노빈 손이 말렸다.

"왕자님, 왕자님! 급한 마음은 이해하겠지만 진정하세요. 여기서 그냥 들어가면 너무 무드가 없잖아요?"

"무드? 무드가 무엇이냐?"

"에……. 그러니까, 분위기가 안 산단 말이지요. 왕자님은 공주님께 청혼을 하려고 여기까지 오신 거잖아요? 그런데 한밤중에

보쌈하러 온 도둑마냥 불쑥 들어서서야 되겠어요?"

노빈손의 말에 머쓱해진 페르난도 왕자는 뒷머리를 슥슥 긁었다.

"그럼 어떻게 하는 것이 좋겠느냐?"

"걱정 마세요. 각본 · 연출 노빈손의 명예를 걸고, 두 분이 영원히 잊지 못할 만큼 로맨틱한 고백 자리를 만들어 드릴게요. 제 말대로만 하시라구요."

이사벨 공주는 암흑만이 가득한 창밖을 내다보다가 한숨을 포옥 쉬었다. 가슴이 답답했다. 무작정 기다리기만 하고, 프랑코에게 들킬까 봐 함부로 나다니지도 못하는 이곳의 생활은 예전 유배 시절과 다를 바가 없었다. 이사벨은 손톱을 짓씹으며 혼잣말을 중얼거렸다.

"노빈손 이 녀석은 왜 이리 감감무소식인고."

"저 부르셨어요? 공주님."

"에구머니나!"

반도의 통일

각자 지방 왕국으로 찢어져 있던 스페인을 통일한 것은 가톨릭 부부 왕의 가장 위대한 업적 중 하나였다. 그러나 무어인 지식인들과 부유한 유대인들을 추방해 버리는 바람에, 스페인의 지식층에 커다란 공백이 생기고 만다. 이 때문에 스페인은 상업과 사법 분야에서 쇠퇴했으나, 곧이어 콜럼버스가 보내온 신대륙의 재산들로 인해 대제국이 탄생하게 된다.

허연 그림자가 검은 창문 위로 쑥 올라오며 대답하자, 간이 떨어질 듯이 놀란 이사벨은 뒷걸음질 치다 침대 위로 넘어졌다. 흔들리는 촛불 위로 노빈손의 얼굴이 떠올랐다. 턱 아래서부터 촛불 조명을 받으니 귀신도 도망 갈 듯이 무서운 얼굴이었다.

"이 녀석아! 십 년 감수했지 않느냐. 무서우니까 그 촛불 치우거라."

"쳇, 야박하시긴. 죽을 고생을 하면서 낭군님을 찾아온 제 충심은 생각지도 않으시는 건가요?"

투덜거리는 노빈손의 말에 귀가 번쩍 뜨인 이사벨은 반색을 하며 달려들었다.

"뭣이라고? 그럼 페르난도 왕자님을 만난 것이냐?"

"그럼요."

"그 분은 어디 계시냐? 어째서 너 혼자 여기 있는 것이냐?"

노빈손은 씨익 웃으면서 창으로부터 비켜섰다. 그제야 이사벨의 눈에 희미한 빛들로 장식된 뒷마당이 들어왔다.

창문 밖으로 펼쳐진 뒷마당에는 불이 켜진 촛대들이 드문드문 서서 하트 모양을 그리고 있었다. 그 중앙에 누군가가 한쪽 무릎을 꿇고 있는 것이 보였다. 누추한 옷차림이었지만, 그 태도만은 전설 속의 기사 엘 시드처럼 당당했다. 이사벨은 자기도 모르게 심장이 두근거리는 것을 느꼈다. 촛불 속에서 일어선 그가 입을 열었다.

"이사벨 공주, 오랜만이오. 기다리게 한 것을 사죄하오."

"페르난도 왕자님……."

어둠 속에서도 눈에 띌 만큼 이사벨의 얼굴이 발그레해졌다. 페르난도가 창문으로 다가와 이사벨에게 손을 내밀었다. 긴장했는지 약간 떨리는 페르난도의 음성이 나지막하게 속삭였다.

"나의 심장, 나의 사랑, 저 달보다도 아름답게 세상을 비추는 공주여. 그대를 내 일생의 동반자로 맞아들이기 위해 나 페르난도는……."

닭살이 돋을 듯한 단어들을 읊던 목소리가 갑자기 뚝 끊겼다. 갑작스런 침묵에 당황한 이사벨이 살짝 고개를 숙이며 페르난도의 얼굴을 들여다보았다.

우린 이 결혼 반대일세
페르난도 왕자와 이사벨 공주의 결혼은 결코 순탄하지 않았다. 프랑스의 루이 11세는 카스티야와 아라곤이 결합하는 것을 경계했고, 스페인의 귀족들도 이 결혼으로 강화될 왕권을 두려워하며 필사적으로 반대했다. 당시 18세였던 이사벨은 엔리케 왕의 추격을 받으며 도망쳐야 했고, 그녀보다 한 살 어렸던 페르난도 역시 목숨을 걸고 카스티야로 숨어들어 왔다.

94

"저… 왕자님?"

이어지려던 이사벨의 말은 느닷없이 머리를 붙잡고 괴로워하기 시작한 페르난도의 절규에 묻혀 버렸다.

"으아아아악! 도저히 못하겠어! 이런 기생오라비 같은 대사! 닭이 되어 날아가 버릴 것 같아!"

"네? 왕자님, 그게 무슨……."

놀란 이사벨이 페르난도에게로 손을 뻗었다. 다음 순간, 그 손목을 탁 붙잡은 페르난도는 창문 너머의 이사벨을 자기 쪽으로 끌어당기며 그 입술 위에 자신의 입술을 포개었다. 생각지도 못한 기습 키스에 동그래졌던 이사벨의 눈이 어느새 스르륵 감겼다.

고백 장면을 지켜보고 있던 노빈손은 자기 얼굴마저 화끈거리는 것을 느끼며 황급히 그 자리를 떴다.

'으아, 역시 스페인 사람들은 뜨겁구만, 뜨거워.'

그런 생각을 하던 노빈손은 흠칫 어깨를 떨었다. 그동안 너무 정신이 없어서 잊고 있었는데, 페르난도 왕자와 이사벨 공주의 만남은 장차 에스파냐라는 이름의 통일 왕국을 잉태하게 되는 세기의 사건이었던 것이다.

'그렇다면…….'

노빈손은 고개를 들어 캄캄한 밤하늘을 올려다보았다.

"이제 곧 시작되겠구나, 레콩키스타가."

정통 스페인인이 되기 위한
24시 생활 전략

나는야 노빈손. 여차저차 하여 스페인에 잠시 머물게 되었지. 유럽 끝의 뜨거운 태양빛을 한몸에 받고 있는 스페인은 한국과는 전혀 다른 문화를 갖고 있어. 따라서 스페인에서 한국 상식이 통할 거라고 생각하면 큰 착각! 내 하루 일과를 한번 보여 줄까?

⏰ 9시 늦은 아침, 식사는 간단히

아침으로 초콜릿 빵이나 바삭하게 튀긴 츄러스를 먹는다. 스페인은 아침 식사를 늦게 하고, 대신 저녁도 밤 9시쯤 먹는다. 더운 나라라서 그런가? 프로 축구를 봐도 낮 경기가 없고, 저녁 7시나 되어야 시합을 시작한다.

⏰ 10시 반 마냐나에 익숙해질 것

컴퓨터가 고장났는데, AS를 해주기로 한 사람이 약속 시간에 오지를 않는다. 기다리다 못해서 다시 전화를 걸었다. 전화를 받은 기술자는 "미안해요. 마냐나 세구로(내일은 반드시) 찾아갈게요."라고 말한다. 아저씨, 사흘 전부터 계속 그렇게 말하고 있잖아요!

계속 약속을 어겼지만, 이 아저씨가 나쁜 사람은 아니다. 아저씨는 그저 "못 가겠는데요."라고 말해서 날 실망시키는 것이 싫기 때문에 대신 공수표를 남발하는 것이다. 에휴, 그냥 내가 고쳐 볼까?

⏰ 11시 참는 자에게 복이 있나니

유학 서류에 사인 받을 것이 있어서 동사무소로 찾아갔다. 물론
미리 예약했다. 하지만 약속 시각으로부터 2시간이나 지났는데도,
접수대의 아줌마는 들어오라는 말을 않는다.

여기서 항의하거나 속상해하면 지는 거다. 스페인 사람들은 "그렇
게 기다리면서 옆 사람과 친구가 될 수 있으니까 좋잖아요."라고
말한다. 책을 읽거나 게임이라도 하자. 기다리다 보면 언젠가 때
가 오겠지.

⏰ 13시~15시 점심은 무조건 성찬!

시에스타(낮잠) 시간이다. 스페인은 너무도 덥기 때문에, 가장 더
운 정오 때에는 모두가 낮잠을 잔다. 실로 현명한 풍습이 아닐 수
없다.

점심은 2시에서 4시 사이에 먹는데, 하루에 다섯 끼나 먹는다는 스페인의 식사 타임 중 가장 중요하게 생각되는 것이 점심이다. 따라서 무척이나 푸짐하게 먹는다.

음식이 세 코스로 나오는데, 먼저 야채나 수프, 샐러드나 훈제 생선 등이 선보인다. 다음에는 고기나 생선 한 접시, 끝으로 디저트가 나온다. 디저트는 치즈 파이나 아이스크림, 혹은 싱싱한 과일이다. 스페인 사람들은 직장에서 일하는 중이더라도 점심만은 매우 여유롭게 즐긴다.

🕐 16시 잡담도 비즈니스!

조모임을 위해서 반 친구들과 함께 카페에 모였다. 하지만 조모임에 대한 이야기만 하는 것이 아니라서 시간이 엄청 걸린다. 온갖 잡담이 화제에 오르기 때문이다. 이건 사회인들의 비즈니스 미팅이라도 마찬가지라고 한다. 스페인에서는 사교 활동을 아주 중요한 덕목으로 생각하기 때문에, 이런저런 얘기를 하면서 흘려 보낸 시간도 모두 비즈니스의 일환으로 인정된다.

🕐 17시 낭만을 즐기려면 산책은 필수

파세오(산책) 시간이다. 기승을 부리던 한낮 더위가 조금 식은 저녁때, 어디서들 오는지 수많은 사람들이 산책하러 쏟아져 나온다. 할머니의 손을 잡고 걷는 어린이, 다정하게 사랑을 속삭이는 연인들, 개를 산책시키는 사내⋯⋯. 스페인 사람들의 일상적인 퍼레이드 타임이라 할 수 있다.

⏰ 21시 저녁은 약식이 대세

또다시 돌아온 식사 시간~! 요새 스페인에서는 '두 끼나 푸짐하게 먹는 것은 좀 지나치지 않나?' 라고 생각하는 사람이 늘어나고 있단다. 그래서 본디 세 코스로 먹는 저녁 식사를 샌드위치 등으로 가볍게 때운다는데……. 거참, 훌륭한 전통은 지켜 나가야 하건만 왜들 그러지?

레스토랑에서 신나게 밥을 먹는 노빈손의 옆으로 어린 아이들이 깔깔거리면서 시끄럽게 뛰어다닌다. 스페인 사람들은 어린이를 아주 사랑하기 때문에, 옆자리 사람들에게 방해가 될 정도로 아이들이 소란을 피워도 제재하지 않는다. 그리고 노빈손도 그 정도로 식사를 방해받을 만큼 예민한 성격은 아니므로 아무 문제가 없다. 어린이들은 소중한 존재죠, 암.

⏰ 22시 본격적인 사교 활동은 이제부터

앞서 말했다시피, 스페인 사람들은 사교 활동을 아주 중요하게 생각한다. 그래서 수많은 취미 관련 모임이 있고, 모임 활동 비용도 유럽 국가들 중 가장 비싼 축에 속한다.

노빈손은 영국에 갔을 때 셰익스피어에게 인정받은 경험을 살려 아마추어 연극 동호회에 가입했다. 같은 취미를 가진 사람들과 떠들고 웃으며 즐기다 보면 시간이 훌쩍 간다. 이렇게 스페인의 뜨거운 밤이 저물어 가는 것이다.

투우와 플라멩코, 그것을 알려 주마

🐷 **노빈손 >>>** 안녕하세요! 오늘 〈노빈손 쇼〉의 초대 손님으로 아주 특별한 분들이 와 계십니다. 먼저 스페인에서 최고의 인기를 누리고 있는 투우사 호세! 그리고 매혹의 플라멩코 댄서, 카르멘입니다! 두 분 다 스페인에서 인기 절정인 스타시죠. 그런데 두 분이 몰래 사귀고 있다는 소문이 있던데요.

👳 **호세 >>>** 아, 아니 무슨 말씀을~. 우린 그냥 좋은 친구예요.

👩 **카르멘 >>>** 맞아요~. 호세 씨랑 제가 무슨. 어딜 보나 제가 훨씬 아깝지 않나요? 이제 겨우 인기 좀 얻는 애송이 투우사랑 절 비교하지 마시라구요.

👳 **호세 >>>** 뭐라구요? 카르멘 씨가 투우에 대해서 뭘 안다는 거예

요? 세비야의 정열과 태양빛이 작렬하는 황소와의 사투! 그것이 바로 스페인만의 스포츠, 투우라고요. 투우사의 망토를 향해 500킬로그램이 넘는 황소가 달려드는 순간, 물 흐르듯이 황소의 돌진을 피하는 그 아름다운 모습을 한 번이라도 본 적 있어요?

노빈손 >>> 자, 호세 씨 진정하시고. 에, 투우의 역사가 상당히 오래된 것으로 아는데요. 그에 대해서 간단히 말씀해 주시죠.

호세 >>> 기록을 보면, 중세 때 레콩키스타의 영웅 엘 시드가 창으로 황소를 잡았다는 내용이 있습니다. 18세기까지 투우는 말을 타고 즐기는 귀족들의 오락거리였지만, 18세기 중엽부터 직업으로 이 일을 하는 투우사가 생겨났죠. 그때부터 땅에 내려서서 황소와 일대일 대결을 펼치는 형식이 되었고요.

노빈손 >>> 그렇다면 현대의 투우는 언제, 어떤 식으로 진행이 되나요?

호세 >>> 투우는 매년 봄 부활제의 일요일부터 11월까지 매주 일요일에 개최됩니다. 투우사에도 여러 종류가 있어요. 투우 경기의 대미를 장식하는 최고의 투우사를 마타도르라 하고, 그 밖에 작살을 꽂는 반데릴레로, 말을 타고 창으로 소를 찌르는 피카도르, 페네오 등의 조연급 투우사들이 있습니다. 각기 역할은 다르지만, 마타도르를 제외한 다른 투우사들은 주로 소를 흥분시키는 데 동원됩니다. 갖은 방법으로 소를 흥분시킨 다음, 소가 기진맥진해질 때가 되면 마타도르가 등장해 최후의 일격으로 소를 쓰러뜨리는 것이죠. 마타도르의 날카로운 검이 소의 숨통을 끊는 그 순간이 바로 투우 경기의 절정이지요.

🐷 **노빈손** ≫≫ 투우의 가장 큰 매력을 꼽자면 무엇이 있을까요?

👤 **호세** ≫≫ 음⋯⋯. 자연과 인간의 싸움, 그리고 인간의 승리라는 테마 아닐까요? 아름다운 청년이 화려한 복장을 입고, 무서운 야수와 맨몸으로 싸워 이기는 장면은 사람들에게 굉장한 대리 만족을 선사합니다. 또한 자칫하면 죽을 수도 있는 직업이기 때문에, 주로 가난한 사람들이 출세하기 위해 투우사가 되지요. 따라서 이 승리는 민중의 것이기도 합니다. 그래서 투우사들이 대중의 영웅으로 대접받는 거겠죠.

👩 **카르멘** ≫≫ 흥, 불쌍한 황소를 죽이는 게 뭐가 민중의 승리라는 거죠?

🐷 **노빈손** ≫≫ 카⋯ 카르멘 씨, 제발 그만⋯⋯. 이건 생방송이란 말입니다. 그보다 플라멩코에 대해서 좀 설명해 주세요. 플라멩코는 무어인들의 아랍 음악, 유대인들의 예배 노래, 가톨릭의 종교 의식, 집시들의 리듬 등이 섞이면서 탄생한 안달루시아의 지방 음악이라고 들었습니다만.

👩 **카르멘** ≫≫ 그래요. 플라멩코라는 말이 어디서 생겨났는지에 대해서는 여러 의견이 있지만, 분명한 것은 18세기 중엽 이후라는 거죠. 스페인 시골 사람들의 삶을 집시들이 노래와 춤으로

표현한 것, 그것을 플라멩코라고 불렀어요. 그때부터 1930년대까지 집시들이 플라멩코 춤을 추면서 지켜왔죠.

노빈손 >>> 1930년대까지라뇨? 집시들이 플라멩코를 빼앗기기라도 했나요?

카르멘 >>> 그게 아니라, 플라멩코가 스페인의 대표적 춤으로 유명해지면서 문제가 생긴 거예요. 원래 플라멩코는 자신의 본능에 따라 즉흥적으로 추는 춤인데, 세계적으로 플라멩코가 주목을 받으면서 전문 댄서들이 생겨나고, 본능보다는 돈을 받는 무대 자체를 중요히 여기게 되었거든요.

노빈손 >>> 아하, 그렇군요. 그럼 카르멘 씨가 생각하는 플라멩코의 매력은 무엇인가요?

카르멘 >>> 음……. 우선 플라멩코 노래를 들어 보면 굉장히 한 스럽고 어두워요. 왜냐하면 플라멩코가 삶의 어두운 부분을 표현하는 예술이기 때문이죠. 또, 유럽의 다른 춤들은 하늘로 날아오를 듯이 가벼운 느낌을 추구하지만, 플라멩코는 반대로 땅에 얽매여 있는 느낌을 강조하죠. 플라멩코 댄서들이 힘차게 발을 구르는 소리를 들어 보셨나요?

호세 >>> 칫, 발 구르기에 땅 꺼져서 개미들이 놀라겠다.

카르멘 >>> 뭐라구욧? 지금 해보자는 거예요?

노빈손 >>> 감사합니다. 이만 〈노빈손 쇼〉를 마치겠습니다. 카메라! 카메라, 빨리 꺼!

방송이 끝난 후

카르멘 >>> 호세, 그런 심한 말을 해서 미안해. 우리가 사귄다는 걸 숨기기 위해서 어쩔 수 없었어. 투우도, 네가 황소와 싸우는 모습도 최고야.

호세 >>> 카르멘, 네 마음 다 알지. 나야말로 네 정열적인 발 구르기에 반해 버린걸? 방송도 끝났겠다, 그만 갈까?

노빈손 >>> 이 사람들이 남의 방송을 망쳐 놓고 무슨 소릴 하고 있는 거야? 책임져욧!

 레콩키스타의 시작

발코니 앞은 사람들로 꽉 차 있어서 송곳 하나 꽂을 틈도 없었다. 다들 웅성거리며 무언가를 기다리고 있는 듯했다. 너나할 것 없이 기대감과 기쁨이 가득한 표정으로 소곤거리며 가끔씩 하늘을 쳐다보곤 했다. 아니, 그러면서 발코니를 올려다보고 있었다.

뎅그렁, 뎅그렁.

사람들이 다함께 숨을 죽인 어느 순간, 교회의 종들이 일제히 큰 소리를 내며 울리기 시작했다. 기다리던 사람들은 일제히 손을 치켜들고 환호성을 질렀다.

"와아아아!"

"우아아아아! 대관식이 끝났다!"

"아라곤 연합왕국의 페르난도 2세 탄생이다!"

퍼엉! 어디선가 축포 소리가 들려왔다. 그리고 발코니에는, 막 대관식을 끝낸 페르난도 왕자, 아니 페르난도 2세가 모습을 드러냈다. 그 뒤에는 페르난도보다 5년 앞서 카스티야 왕국의 여왕으로 즉위한 이사벨 1세와 심복 신하들이 미소를 지으며 서 있었다. '돈 빈손'이라고 불리며 이사벨의 총애를 받고 있는 기사 노빈손도 그곳에 함께였다.

페르난도 2세가 손을 들어 올렸다.

"두 가지 중대 발표를 하겠소. 이제 나는 아버지의 뒤를 이어 이

아라곤 연합왕국의 왕이 되었소. 또한 내 아내인 이사벨은 카스티야 연합왕국의 여왕이오. 그러므로 우리는 아라곤과 카스티야가 한 나라가 되었음을 선포하오!"

"우아아아아!"

아까보다 더욱 커다란 환성이 파도처럼 밀려왔다.

발코니 아래의 사람들을 내려다보던 노빈손은 절로 가슴이 벅차 오르는 것을 느꼈다. 800년 동안 조각조각 나 있던 히스파니아(이베리아 반도) 주민들의 나라가, 오랜 세월에 걸쳐 드디어 하나의 왕국

으로 재탄생하는 순간에 자신이 서 있는 것이다. 이사벨과 페르난도, 역사 속에 길이 남을 '가톨릭 부부 왕'에 의해서.

'우리나라가 통일이 되면 이런 기분일까?'

"그리고 하나가 더 있소."

페르난도가 다시 목소리를 높였다.

"히스파니아는 아직 완전히 통일된 것이 아니오. 800년 전 이 땅에 침략해 들어와 우리들의 나라를 조각냈던, 알 안달루스의 후예들이 지중해 부근에 남아 있소. 바로 무어인들의 나스르 왕국이요."

사람들은 다시 숨을 죽였다. 페르난도가 번쩍 손을 추켜들었다.

"그러므로 우리는, 우리 선조들의 뜻을 이어받아 레콩키스타를 다시 시작할 것이오! 반도의 통일을 위하여!"

"우아아아아아!"

페르난도의 말을 들은 사람들은 저마다 손을 처들고 소리를 지르며 펄쩍펄쩍 뛰어올랐다. 곧 출정하겠다는 선전 포고를 마지막으로, 새로운 왕의 탄생을 축하하는 행진이 시작되었다. 거리는 순식간에 축제 분위기로 변했다.

이사벨 여왕은 즉위를 축하하는 연회에 참석하기 위해 복도를 걷고 있었다. 이사벨이 가장 총애하는 수행원인 노빈손도 함께였다.

카스티야와 아라곤이 합쳐질 때까지

1469년, 18세의 이사벨과 17세의 페르난도가 아슬아슬하게 비밀 결혼에 성공했다. 그로부터 5년 후 엔리케 4세가 죽자 이사벨은 카스티야의 여왕이 되고, 다시 5년이 지난 후 페르난도 또한 아라곤을 물려받아 왕위에 오른다. 왕과 여왕이 된 두 사람은 카스티야와 아라곤의 힘을 합쳐 오랫동안 미루어 왔던 통일 전쟁, 즉 레콩키스타에 나서게 된다. 남몰래 결혼한 지 꼭 10년 만의 일이었다.

노빈손이 조심스럽게 말을 꺼냈다.

"저기요, 여왕님. 레콩키스타를 다시 시작한다는 게 무슨 뜻이죠?"

이사벨이 노빈손 쪽을 돌아보면서 생긋 웃었다.

"노빈손, 현재 이베리아 반도를 다스리는 세 개의 왕국이 어디어디인지 아느냐?"

"네? 그야… 카스티야-레온 연합왕국, 아라곤-카탈루냐 연합왕국, 그리고 포르투갈이죠."

"맞다. 하지만 사실은, 지중해와 맞닿은 부근에 네가 모르는 왕국이 하나 더 있단다. 바로 무어인들의 나스르 왕국이다."

"나스르 왕국이요?"

"그래. 800년 전, 이베리아 반도로 쳐들어온 무어인들의 나라 알 안달루스의 후예지. 그때 우리들은 계속 무어인들에게 패하는 바람에 북쪽 산간 지방에 숨어 살아야 했단다. 그러나 800년 동안 무어인들과 싸우면서 조금씩 우리 영토를 되찾았어. 이 국토 회복운동을 '레콩키스타'라고 부르지."

이사벨이 가볍게 한숨을 쉬었다.

"하지만 우리끼리도 여러 나라로 갈라지는 바람에 레콩키스타는 오랫동안 중단되었단다. 이제 드디어 카스티야와 아라곤이

알 안달루스란?

로마 제국의 쇠퇴 이후, 북유럽에서 쳐들어온 서고트 족이 반도의 새 주인으로 등장한다. 그러나 서고트 왕국은 711년 아라비아 반도에서 넘어온 무어인(이슬람교도)들의 침공으로 무너진다. 이후 800년간 이베리아 반도는 이슬람교도들의 지배를 받게 된다. 무어인들은 자신들의 지배 지역을 '알 안달루스'라고 불렀는데, 덕분에 스페인은 유럽이면서도 무어인들의 문화에 깊은 영향을 받는다.

통합되었으니 무어인들이 차지하고 있는 마지막 영토를 되찾아 올 여유가 생긴 것이지."

"그럼… 전쟁을 한다는 말씀이세요? 무어인들과?"

놀라는 노빈손을 향해 이사벨이 고개를 끄덕였다.

"그런 얘기가 되겠구나."

"하지만… 꼭 전쟁을 해야 하나요? 그냥 각자 평화롭게 살면 안 될까요?"

"노빈손, 네 마음은 알겠다만 지브롤터 해협을 장악하지 못하는 건 너무 위험하단다. 800년 전처럼, 지중해 너머에 있는 무어인들이 언제 반도로 넘어와 전쟁을 일으킬지 모르기 때문이지. 그럴 경우 나스르 왕국은 그들의 본거지가 될 거야. 그걸 막기 위해서라도 우리는 반드시 반도를 통일해야만 해."

이사벨의 차분한 대꾸에 말문이 막힌 것은 노빈손 쪽이었다. 한국 역시 반도라는 이유로 여러 번 전쟁을 치러야 했던 것이 떠올랐기 때문이다. 대륙에서 홀로 튀어나온 지형인 반도는 정말 골치 아픈 지역이다.

"나스르 왕국에 쳐들어가면 많은 사람들이 다치거나 죽을지도 몰라요. 그래도요?"

"……"

노빈손의 말을 듣던 이사벨의 얼굴에 수심

체스의 퀸은 바로 이사벨 여왕?

체스 역사가들에 의하면, 체스 말 중 퀸이 지금처럼 가장 강한 말이 된 것은 15세기 이후라고 한다. 원래 퀸은 대각선으로 한 칸만 움직일 수 있는 약한 말이었으며, 이는 체스가 아라비아에서 서양으로 전래된 이래 계속 유지된 규칙이었다. 그러다 15세기에 들어와 갑자기 퀸이 돌격형(?)으로 변한 것이다. 이유에 대해서는 여러 설이 있지만, 당시 스페인 여왕이었던 이사벨의 놀라운 성과와 인기로 인하여 당대의 게임이었던 체스 속 퀸의 능력치마저 올라갔다는 설이 유력하다.

이 짙어졌다. 노빈손은 열심히 손짓 발짓을 하며 이사벨의 설득에 나섰다.

"뭔가 다른 방법이 있을 거예요. 그래요! 서로 평화 조약을 맺는다든지, 친선 대사를 보낸다든지, 축하 공연을 한다든지……."

"다른… 방법?"

이사벨 여왕은 노빈손이 주워섬기는 단어들을 들은 척 만 척하며 생각에 잠겼다. 그러더니 갑자기 복도에 멈춰 서서 딱 하고 손가락을 튕겼다. 깜짝 놀란 노빈손도 따라 멈춰 섰다.

"여왕님? 왜 그러세요?"

"노빈손!"

만면에 미소를 띤 이사벨이 노빈손을 향해 고개를 돌렸다.

"좋은 방법이 생각났다."

"지, 진짜요?"

"그래. 오늘 밤 내 방으로 오도록 해라. 단, 아무도 모르게 몰래 와야 한다."

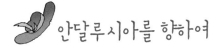

안달루시아를 향하여

그날 밤.

노빈손은 어깨가 딱딱하게 굳은 채로 성의 복도를 걷고 있었다. 이사벨이 생각해 냈다는 방법이 무엇일지, 아무리 머리를 굴려도 짐작할 수가 없었다. 그러다 보니 어느새 이사벨의 방문 앞이었다. 노빈손은 잠깐 심호흡을 한 뒤 문을 살짝 열었다.

"여왕님? 저 왔는데요……. 으아악!"

방 안에 들어선 노빈손은 기겁을 하며 등 뒤의 문을 쾅 닫았다.

이사벨은 평소에 입던 드레스 차림이 아니었다. 대신 떠돌이 무희들이 입는 까맣고 빨간 긴 치마를 걸치고 있었다. 게다가 요란한 화장까지. 뭐지, 저건? 집시들이 입는 옷이잖아?

노빈손이 벙벙해진 얼굴로 흠칫거리자 이사벨이 먼저 말을 꺼냈다.

"조용히 하거라. 너 때문에 사람들이 다 깨겠구나."

"제가 왜 이러는지 아시면서 그런 말씀이 나오세요! 아니, 갑자기 그게 무슨 패션이세요? 『왕자와 거지』라도 보신 건가요?"

"『왕자와 거지』? 그게 무엇이냐? 일단 좀 앉거라."

이사벨은 노빈손과 나란히 앉더니 설명을 시작했다.

"노빈손 네 말대로다. 나도 되도록 희생자가 나오는 걸 피하고 싶어. 하지만 반도 통일 또한 포기할 수 없는 사명이다. 그래서……."

이사벨이 뜸을 들이자 노빈손의 심장이 큰 소리를 내면서 쿵쾅쿵쾅 뛰었다.

"지금부터 나스르 왕국으로 갈 생각이다."

"네에?"

혼비백산한 노빈손은 자기도 모르게 벌떡 일어났다.

"아니, 적국에 들어가신다구요?"

“그래.”

“어떻게요?”

“변장하고.”

“변장이요?”

“떠돌이 무희로 변장하고 몰래 나스르 왕국으로 들어가 상황을 살펴볼 생각이다. 그러면 쓸데없는 분쟁을 피할 수 있을지도 몰라.”

“아니, 잘못하면 쓸데없는 분쟁이 오히려 늘어날 것 같은데요……. 설마 혼자서 가실 생각은 아니죠?”

“혼자는 안 가지.”

이사벨이 생긋 웃었다. 그 미소를 본 노빈손의 등 뒤로 불안감이 스멀스멀 엄습했다.

“잠깐, 그렇게 웃지 마세요. 설마 절 부르신 게…….”

“그래. 너랑 둘이서 갈 생각이니라.”

오 마이 지쟈스~!

대혼란에 빠진 노빈손은 얼마 있지도 않은 자신의 머리카락을 마구 헤집었다.

“말도 안 돼! 이건 정말 데인져러스하고 크레이지한 작전이라구요. 적지에 자진해서 숨어들다니!”

“데인져러스? 크레이지? 그게 다 무슨 소리냐? 겁먹을 것 없다. 잘되면 다치는 사람 없이 끝낼 수도 있으니까. 돈 빈손, 이렇게

113

연약한 여자가 그런 위험한 곳에 혼자 가도록 내버려 둘 생각은 아
니겠지?"

'어이구, 또 저러신다.'

은근히 엄포를 놓는 이사벨을 본 노빈손은 두 팔을 번쩍 들어 올
렸다.

"가요, 가자구요. 제가 졌어요."

"그래? 그럼 당장 옷 갈아입고 출발하자꾸나. 한시가 급하다."

이사벨이 노빈손에게 변장용 집시 옷을 건네주었다. 옷가지를 받

아 든 노빈손이 물었다.

"폐하께는 뭐라고 말씀할 생각이세요?"

"편지를 써 놓았으니 우리가 떠난 다음에 발견할 거다."

불쌍한 페르난도 폐하. 너무 자유분방한 반려자를 두신 것도 문제로군. 설마 내가 꼬신 거라고 오해하시진 않겠지? 잠깐, 이거 혹시 내가 꼬신 게 맞는 건가?

머릿속이 복잡해진 노빈손은 힘겹게 궁중 기사복을 벗었다. 그러나 막상 답답한 기사복 대신 집시 옷으로 갈아입자, 모험가의 피는 숨길 수 없는지 기대감으로 가슴이 두근거렸다.

'우아, 드디어 스페인 남부까지 가게 되는구나. 유럽과 아랍의 혼혈 지대로 불리는 안달루시아 지방으로!'

집시 무희와 기타리스트로 변장한 이사벨과 노빈손은 야음을 틈타서 아무도 모르게 성문을 빠져나갔다. 성문 앞에는 더러운 두건을 걸친 거지 한 명이 벽에 기대어 졸고 있었다. 노빈손의 발소리를 들은 그 거지는 반사적으로, 혹은 잠꼬대처럼 중얼거렸다.

"한 푼 적선합쇼~."

"이런. 아저씨, 힘내세요."

그 모습이 안쓰러워 노빈손은 품 안에서 동전을 하나 꺼내서 거지에게 주려 했다.

스페인 집시의 역사

집시가 처음 스페인의 기록 속에 등장한 것은 1447년이다. 이들은 레콩키스타 중이었던 이사벨과 페르난도에게 군마를 조달하고 정찰병 역을 맡아 두 왕의 환심을 샀다. 그라나다가 함락된 후, 이사벨은 집시의 공을 치하하며 그라나다의 몬테 사그라도(스페인어로 '신성한 산'이라는 의미)에 그들의 거주를 인정하고 세습되는 면세 특권을 주었다. 이렇게 스페인에 정착한 집시들은 현재까지 플라멩코를 보여 주거나 손금으로 점을 쳐 주면서 살아가고 있다.

그런데 동전을 잘못 골랐는지, 달빛을 반사한 금화가 어둠 속에서도 눈부시게 빛났다. 아차 싶었을 때는 이미 늦었다. 거지가 휘둥그레진 눈으로 금화를 바라보았다.

"노빈손, 무얼 꾸물거리느냐?"

"지금 가요!"

이사벨의 재촉에 노빈손은 급히 금화를 거지에게 던져 주고 도망치듯이 달려갔다. 그 바람에 노빈손은 거지의 심상찮은 몰골을 알아보지 못했다. 거지는 노빈손의 뒷모습을 보며 이를 아득바득 갈고 있었다.

"저 녀석은… 그때 그 꼴뚜기!"

두건 아래에서 눈을 번쩍이고 있는 것은, 다름 아닌 엔리케 왕의 심복, 프랑코였다.

 집시가 된 노빈손

"우아~."

짐마차 뒤에 올라탄 노빈손은 멀미가 날 만큼 흔들리는 와중에도 입을 다물지 못했다. 옆에 있던 이사벨이 핀잔을 주었다.

"입에 파리가 들어가겠구나. 점잖게 있지 못하겠느냐!"

"하지만 보시라구요! 정말 아름답지 않나요?"

이사벨은 가만히 고개를 끄덕이면서 눈을 가늘게 떴다.

"그래, 정말 아름답구나."

두 사람이 얻어 탄 짐마차는 안달루시아 지방의 중심, 코르도바를 달리고 있었다.

같은 반도인데도 남부 지방은 카스티야나 아라곤과는 딴판이었다. 끝없이 펼쳐진 평원 위에 새하얀 건물들이 뜨거운 햇살을 받아 빛나고 있었다. 흙조차도 하얀 빛깔이었다. 군데군데 보이는 붉은 꽃들이 장식처럼 거리를 꾸미며 자태를 뽐내고 있었다.

이사벨이 입을 열었다.

"오랫동안 무어인들의 지배를 받은 안달루시아 지방은 북부와는 또 다른 분위기를 가지고 있단다. 건축 방식도, 풍습도 내륙과는 전혀 다르지."

"그러게 말이에요. 우아, 저건 뭐죠?"

코르도바를 관통하며 흐르는 과달키비르 강 너머로 거대한 건물이 보였다. 황금빛 벽돌로 빛나는 성벽이 하늘을 떠받치듯 서 있었다. 짐마차를 몰던 아저씨가 대신 대답했다.

"무어인들이 지은 이슬람 사원이라오. 우리는 메스키타라고 부르지. 정말 아름답지 않소?"

"우아, 어쩐지! 주위 건물들과 분위기가 다르다고 생각했어요."

"코르도바에 처음 오는 거요? 이런이런,

알 안달루스의 신부, 코르도바
3만 명이 넘는 도시조차 몇 안 되던 중세 유럽에서, 50만 명이 살았던 코르도바는 단연 문화의 중심지였다. 상위 계급의 저택이 5만 호, 서민들의 집이 10만 호, 사원이 700개, 병원이 50개, 상점이 8만 개, 대학 등 교육기관이 17개, 도서관이 70개에 달했다. 포장도로를 우마차가 청소했으며 가로등마저 설치되어 있었다.

117

완전 촌뜨기들이로구만!"

저런, 한 나라의 여왕더러 촌뜨기라니. 노빈손의 뒷머리에서 남몰래 식은땀이 흘렀지만 아저씨는 전혀 눈치 채지 못했다.

"코르도바의 별명이 뭔지 아시오? '안달루시아의 신부'라오. 전성기 시절에 그만큼 아름답고 풍요로운 도시였기 때문이지. 가로등이 켜지고, 우마차가 도로를 청소하는 그런 동네가 여기 말고 또 있을 거라 생각하오? 어림없지. 700개나 되는 사원들은 또 어떻고!"

"무어인들이 지은 사원 말씀이신가요?"

이사벨이 묻자 마부는 고개를 끄덕였다.

"그렇지. 무어인들이 지은 건물들은 그야말로 딴 세상 것 같아서 정말 아름답다오."

"괜찮아요? 이교도들이 만든 것인데……."

무어인이란 누구인가?
이베리아 반도와 북아프리카에 사는 이슬람교도를 일컫는 말. 무어라는 말은 그리스어로 '검다, 아주 어둡다'를 뜻하는 Mauros에서 유래하였다. 중세에서 17세기에 이르기까지 무어인들은 검은 피부를 지닌 사람 정도로 막연하게 인식되어 왔으나, 현재는 모로코나 알제리 등 이슬람계 공화국에 사는 아랍계 사람들을 가리킨다. 스페인의 식민지였던 필리핀에서도 무슬림들을 무어인이라고 부른다.

"핫핫, 아름다운 것을 싫어하는 사람이 어디 있겠소? 오히려 양쪽 문화를 다 즐길 수 있어서 좋다. 코르도바가 아름다운 이유도 그런 다양함 때문일 거요."

노빈손도 맞장구를 쳤다.

"맞아요. 먼 훗날, 전 세계의 사람들이 이 코르도바의 잡탕 문화를 보기 위해 줄을 서서 여기로 올 거라구요. 틀림없다니깐요!"

"허헛, 잡탕 문화?"

마부가 말고삐를 잡으며 너털웃음을 터뜨

렸다. 그러는 사이 짐마차는 거리로 들어섰고, 이사벨은 마부에게 감사를 표하며 내려 달라고 했다. 길에 내려 선 노빈손은 짐을 추스르며 이사벨에게 물었다.

"여왕님, 이제 어떻게 하실 거예요?"

"음, 레콩키스타를 선포했으니 국경지대는 이미 막혔을 것이다. 세비야 지방에서 배를 타고 나스르 왕국으로 들어가는 수밖에 없겠구나."

이사벨은 그렇게 대답하면서 발걸음을 재촉했다. 노빈손도 혼자 짐을 챙겨 들고 낑낑거리면서 그 뒤를 따랐다.

그러나 두 사람 다 이글이글 타오르는 눈으로 자신들을 바라보고 있는 미행자가 있다는 사실을 깨닫지 못했다.

"저 꼴뚜기 녀석! 이번에야말로 끝장을 내 주마!"

프랑코가 더러워진 콧수염을 비틀어 꼬면서 짓씹듯이 중얼거렸다.

이사벨 공주를 잡아 오라는 명령을 수행하는 데 실패한 이후, 프랑코는 노발대발한 엔리케 왕에 의해 기사직을 박탈당했다. 이후 백방으로 노력했지만 한번 쫓겨난 기사직으로 돌아가기란 쉬운 일이 아니었다. 그러는 사이 세상은 바뀌어, 엔리케 왕은 죽고 그 뒤를 이어 이사벨 공주가 카스티야

스페인식 양반의 후예들

레콩키스타 때 공을 치하하기 위해 귀족 작위를 남발한 탓에, 현재 스페인 사람의 절반 이상은 귀족의 핏줄을 갖고 있다. 이렇게 늘어난 '이달고', 즉 하급 귀족계급들은 귀족답게 일을 천시하고 관료직만을 높이 샀으며(마치 우리나라의 양반들 같다) 자신들과 집안의 명예에 엄청나게 민감했다. 이러한 직업 경시 풍조는 '다른 나라에 비해 엄청나게 비효율적이고 느린' 스페인식 관료주의의 뿌리가 되었다.

왕국의 왕위에 올랐다. 프랑코는 자신이 복권되리라는 기대를 완전히 버렸고 결국 성문 앞의 거지 신세로 전락하고 말았다.

"하지만……."

프랑코가 시커멓게 변한 이빨을 뿌득 갈았다.

"비록 이런 신세가 되었다 해도 네놈을 잊을 순 없지. 네 녀석의 그 독특한 머리통은 어디서 언제 봐도 알아볼 수 있단 말이다! 노빈손! 반드시 이 원한을 갚아 주고 말겠다!"

코르도바에는 마침 피에스타라 일컬어지는 축제가 열리고 있었다. 저녁놀이 지는 광장에 모인 사람들은 하나같이 춤추며 노래를 불렀다. 한쪽 구석에서는 떠돌이 광대들이 갖가지 묘기를 부리고 재주를 뽐내며 흥을 돋우는 광경도 눈에 띄었다.

예상치 못한 모습에 주춤한 이사벨과 노빈손을 향해 사람들이 달려왔다.

"어머, 새로운 집시들이 또 왔어!"

"마침 잘 오셨어요. 음악 좀 연주해 주세요!"

"그래요, 최신 노래로 부탁 드려요."

"에? 잠깐만요!"

갑작스런 환영에 당황한 노빈손이 손을 내저었지만, 이사벨은 기다렸다는 듯이 어깨

끝나지 않는 시민 축제

지역색이 강한 스페인에서는 각 지역마다 축제도 많다. 한 지역 축제가 3~4일 동안 열리는데, 200가지가 넘는 축제 속에 가지각색의 문화 전통들이 다 포함되어 있다. 전해 내려오는 일화에 의하면, 중세 때 봉건군주가 한 사형수에게 자비를 베풀어 사형 날짜를 선택할 권리를 주었다고 한다. 곰곰이 생각하던 사형수는 '이 나라에 축제가 없는 날 죽고 싶다'고 대답했고, 결국 사형을 면했다. 그야말로 축제의 나라라고 할 수 있다.

위에 걸쳤던 붉은 숄을 벗어 땅 위에 깔았다.

"준비됐나? 노빈손! 실력 발휘 좀 해보자!"

"잠깐 잠깐 잠깐!"

놀란 노빈손이 이사벨의 치맛자락을 잡았다.

"이거 그냥 변장 아니었어요? 정말 춤출 생각이세요?"

"당연한 것 아니냐. 이 날을 위해서 내가 얼마나 춤 연습을 했는지 아니?"

"그럼 저한테도 좀 귀띔해 주셨어야죠! 집시 노래 같은 건 전혀 모른다구요! 그런데 어떻게 기타 연주까지 하겠어요?"

"꼭 집시 음악이 아니라도 좋으니 아무거나 연주해 보거라. 설마 음치는 아니겠지?"

"뜨아~!"

이사벨에게 더 뭐라고 하려던 노빈손은 자신을 향해 쏟아지는 시선들을 보고 움찔했다. 피에스타를 즐기러 몰려나온 사람들은 모두 다 기대에 찬 눈빛으로 등에 기타를 멘 노빈손을 바라보고 있었다. 엄청난 무언의 압박을 느낀 노빈손은 찔끔 흐르는 땀방울을 챙모자로 감추며 한 걸음 뒤로 물러섰다.

"에라, 모르겠다!"

띠리링~! 노빈손이 튕긴 기타 줄에서 구슬픈 소리가 났다. 부탁한다, 기타야!

흠흠 기침을 하던 노빈손의 입에서 이윽고 구성진 노랫가락이 흘러나왔다.

에~ 이~ 에에에에~ 올레!

노~빈손! 노~빈손! 이럴 땐 어떡하죠 당신은 알고 있죠~ 세뇨리타!

노~빈손! 노~빈손! 코르도바 어떤가요 지중해는 어떨까요~

깜짝 깜짝 놀랐을 때 꼼짝 없이 갇혔을 때

당신의 지혜와 재치로 헤쳐 나가죠~ 올레이!

어허이야~ 에에에에~ 베사메무쵸~

"노빈손, 이게 대관절 무슨 노래냐?"

노빈손의 노래와 기타 소리에 맞춰 발을 구르던 이사벨이 발갛게 상기된 얼굴로 물었다. 뒤로 뺄 때는 언제고, 모자를 벗고서 헤드뱅잉까지 선보이며 열정적으로 기타를 치던 노빈손이 당당하게 대답했다.

"제 테마송 〈노빈손 주제가〉의 플라멩코 버전입니다요."

"플라멩코? 그게 뭔데?"

"뭐라뇨? 여왕님이 지금 추고 계신 그 춤이요."

"응? 그런 이름이었나?"

갸우뚱하는 이사벨을 보며 노빈손은 아차 싶었다. 스페인 집시들의 춤이 '플라멩코'라는 이름을 얻게 된 것은 지금으로부터 4백

플라멩코의 본래 의미
원래 플라멩코는 음악과 춤을 지칭하는 말이 되기 이전에 행동 유형을 일컫는 말이었다. 즉 플라멩코는 삶에 대한 행동으로, 무용과 음악은 그것의 표현일 뿐이다. 부와 물질, 명예보다는 자유를 원하고 일상적인 삶보다는 즉흥적인 개성을 존중하는, 열심히 일하기보다 본능의 즐거움을 추구하기에 때로는 법마저 무시하는 삶을 가리킨다. 이러한 '플라멩코적' 삶의 양식과 집시는 떼려야 떼어 놓을 수 없는 관계를 가지고 있다.

년 후였던 것이다. 하지만 뭐 어떠랴. 노빈손은 딴청을 피우며 띵가 띵가 기타줄을 당겼다.

처음에는 낯선 노래를 들으며 웅성이던 사람들이 어느새인가 노빈손의 노래에 맞추어 함께 춤을 추고 있었다. 노빈손이 머리를 흔들 때마다 네 가닥밖에 안 되는 머리카락이 빙글빙글 돌았다. 스페인의 정서를 담아 정열적이고 구슬픈 느낌으로 변한 후렴이 모두의 입에서 흘러나왔다.

"노~빈손! 노~빈손! 올레!"

타닥, 타다다닥! 붉고 긴 치마를 입은 여자들이 일제히 발을 구르며 춤을 추자 남자들이 박수를 치며 화답했다. 짝짝짝짝, 짜작!

"올레!"

노빈손과 이사벨이 그렇게 피에스타의 흥을 돋우고 있는 사이, 프랑코는 사람들의 시선이 광장으로 쏠린 틈을 타 근처 헛간으로 몰래 숨어들었다. 살금살금 걷던 그가 갑자기 우뚝 멈춰 섰다.

프랑코의 발 앞에는 검은 황소 한 마리가 줄에 매여 있었다. 피에스타의 마지막을 장식하기 위해 특별히 선발한 야수였다. 발을 구르면서 콧김을 식식 뿜어 대는 것이, 얼핏 보기에도 무척 사납고 거친 녀석이었다. 프랑코가 가까이 다가가자 거칠게 투레질을 했다.

"그래, 바로 이거야."

프랑코가 입꼬리를 올리더니 칼을 꺼내며 황소를 묶어 놓은 줄을 붙잡았다.

"꼴뚜기, 네가 하는 짓은 뭐든 간에 모조리 망쳐 놓고 말겠다. 으ㅎㅎㅎ."

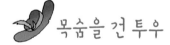 목숨을 건 투우

노빈손이 첫 곡을 끝내자 둘러선 사람들이 일제히 박수를 쳤다. 어깨가 으쓱해진 노빈손이 다음 곡을 시작하려 할 때였다.

두두두두……. 느닷없이 발아래서부터 미세한 진동이 느껴졌다.

뭐지? 지진인가? 노빈손이 반사적으로 어깨를 움츠린 바로 그 순간이었다. 골목길에서 날카로운 여자의 비명이 터져 나왔다.

"꺄아아악~!"

"황소다! 미친 황소다!"

콰아앙! 그 말이 끝나기도 전에, 골목에서부터 한 마리의 검은 황소가 캠프파이어를 위해 쌓아 놓은 나무더미를 들이받으며 광장 한가운데로 달려 나왔다. 앞뒤 안 가리고 질주하는 그 모습은 지옥에서 뛰쳐나온 파수견을 연상시켰다. 앞을 가로막는 것은 모조리 뿔로 받아 버릴 기세였다.

"으아아악!"

"도망쳐! 진짜로 밟혀 죽어!"

춤과 노래로 가득하던 광장은 황소의 난동으로 순식간에 아수라장이 되었다. 사람 키만 하던 나무더미를 단숨에 무너뜨린 황소는 곧장 노빈손과 이사벨이 있는 쪽으로 달려왔다. 이사벨은 너무도 뜻밖의 상황에 기가 질렸는지 그 자리에 못 박힌 듯 굳어 있었다. 마찬가지로 공황 상태에 빠졌던 노빈손은 그런 이사벨을 보고서 오히려 정신이 들었다. 황소가 거의 이사벨을 들이받기 직전이었다.

'이런, 안 돼!'

노빈손은 반사적으로 땅 위에 깔려 있던 이사벨의 붉은 숄을 집어 들었다. 이사벨을 밀치며 달려 나간 노빈손은 붉은 숄을 투우사의 물레타처럼 흔들어 대며 황소에게 고함을 질렀다.

"올~레!"

"음메에에에에~!"

노빈손의 기지 덕에, 황소의 목표는 이사벨이 아닌 붉은 숄 쪽으로 바뀌었다. 나부끼듯 흔들리는 숄에 한층 더 흥분한 황소는 무서운 기세로 노빈손에게 달려들었다. 위기일발! 붉은 천이 깃발처럼 허공에서 펄럭였고, 노빈손은 천으로 황소의 시야를 가리며 들이받는 뿔을 아슬아슬하게 피했다. 2층에서 그 모습을 지켜보던 사람들이 내쉬는 안도의 한숨 소리가 노빈손의 귀에까지 들렸다. 그제야 정신이 든 이사벨이 비명을 질렀다.

"노, 노빈손!"

노빈손은 두 다리가 후들후들 떨리는 것을 느꼈다. 워낙 급한 상황이다 보니 앞 뒤 안 가리고 나섰지만, 막상 집채만 한 황소가 콧김을 뿜으며 맹렬하게 달려드는 것을 보니

황소 선생님!
오라이!
오라이!

심장이 석쇠 위의 오징어처
럼 바싹바싹 졸아들고 있었다. 하지만 이제
와서 꽁무니를 뺄 수도 없었다. 그랬다간 당장에 황소 뿔에 결단날
것이다. 게다가 어느샌가 걱정 대신에 반짝거리는 기대감으로 가득
채워진 구경꾼들의 눈길도 부담이었다.

'노씨 가문의 명예가 있지. 여기서 물러설 순 없다!'

이를 악문 노빈손은 다시 천을 흔들었다.

그러나 이번에는 황소의 기세가 심상치 않았다. 노빈손에게 속아
허공을 들이받은 것에 어지간히도 약이 올랐던 모양이다. 식식거리

127

며 발을 구른 황소는 일직선으로 노빈손에게 달려들었다. 돌을 깐 길 위로 거대한 땅울림이 진동했다.

두두두두…….

'안 돼, 여기서 도망치면…….'

두두두두…….

'노씨 가문의 명예가…….'

두두두두두…….

'사나이 자존심이…….'

오금이 저렸다. 하반신은 달달 개다리춤을 추고 있었다. 노빈손이 거의 바닥난 용기를 긁어모으며 눈을 부릅뜬 순간, 벌게진 황소의 눈과 시선이 정면으로 마주쳤다. 황소가 끔찍한 괴성을 질렀다.

"음무우우우우우~!"

"엄마야아아아~~~!"

그 순간 명예고 자존심이고 다 잊은 노빈손이 천을 내던지며 머리를 싸쥐었다. 노빈손의 손을 떠난 숄은 황소의 머리를 뒤덮었고, 그 바람에 앞이 안 보이게 된 황소는 고개 숙인 노빈손 뒤의 돌벽을 맹렬하게 들이받았다.

콰아아앙! 건설 현장에서나 날 것 같은 엄청난 폭파음이 났다. 잠시 비틀거리던 황소는 이윽고 푹 쓰러진 채 일어나지 못했다.

"노빈손! 괜찮아?!"

이사벨이 헐레벌떡 쓰러진 노빈손에게로 달려왔다. 그 고함이 신호라도 된 것처럼, 사람들에게서 엄청난 함성과 박수 소리가 터져 나왔다.

"우아아아! 굉장해!"

"저 집시 청년, 노래만 잘 부르는 줄 알았는데 저런 용기까지 있었다니!"

"이봐요, 노빈손! 이쪽 좀 봐 줘요! 꺄아악!"

"노~ 빈손! 노~ 빈손! 올레~!"

아무래도 사람들은 노빈손이 일부러 황소의 자폭 박치기를 유도했다고 생각하는 모양이었다. 구경하던 사람들은 물론이고, 마을 처녀들까지 몰려와 노빈손을 둘러싼 채 야단법석을 피웠다. 졸지에 코르도바의 영웅이 된 노빈손은 사람들의 무등을 타고 마을을 한 바퀴 돈 뒤, 캠프파이어에서 구운 황소 고기(노빈손이 사냥한?)까지 대접받았다. 노빈손의 뱃속으로 사라지는 고기의 양을 본 사람들이 새삼 놀라며 수군댄 것은 물론이다.

이후, 남부 지방에서는 남자들의 담력을 기르기 위하여 황소와 대결시키는 성인식이 한동안 유행했는데, 이것이 훗날의 투우 경기로 발전했다나 어쨌다나…….

이때를 놓칠세라 노빈손은 그동안 굶주린 배를 원 없이 채웠다. 하지만 조금 떨어진 담장 그늘에서 눈을 화등잔처럼 뜬 프랑코가 이쪽을 쳐다보고 있는 줄은 알지 못했

헤라클레스와 황소

스페인 민족의 상징처럼 되어 있는 황소의 역사는 언제부터일까. 신화를 보면, 스페인에 황소가 처음 등장하는 장면은 헤라클레스와 관련이 있다. 헤라클레스는 에리티아 섬에서 게리온의 소를 훔쳐 오던 중 해협을 건너 스페인 남부의 타르테소스 지역에 도달하게 되는데, 그 해협이 바로 지브롤터 해협이다. 헤라클레스는 자신의 행보를 기념하기 위해 이곳에 두 개의 기둥을 세웠는데, 지금도 이곳에는 '헤라클레스의 기둥'이라 불리는 두 개의 바위가 있다.

다. 프랑코의 시선은 노빈손 옆에서 웃고 있는 집시 무희에 못 박혀서 떠날 줄을 몰랐다.

"저 집시 여자……. 저 얼굴은 설마……."

한눈에 알아볼 수 있는 노빈손의 독특한 두상에만 집중하느라, 미처 동행하는 집시 여자가 누군지는 눈치 채지 못했었다. 그제야 프랑코는 10년 전, 분노에 몸을 떨며 자신에게 소리를 질렀던 소녀의 얼굴을 기억해 냈다.

"설마, 이사벨 여왕? 어째서 이런 곳에?"

 ## 세비야에서 만난 화가

세비야의 항구에 도착한 이사벨과 노빈손은 먼저 배를 구하러 돌아다녔다. 하지만 나스르 왕국이라는 말을 꺼내기만 하면 다들 고개를 설레설레 저었다.

"아 글쎄, 싸우러 가는 게 아니라니까요! 그냥 저희를 살포~시 거기에 떨어뜨려 놓고 돌아오시기만 하면 돼요!"

"아 글씨, 억만금을 준대도 싫구먼유. 이제 곧 전쟁이 터진다느니 해서 흉흉한디, 어떻게 거기를 갈 생각을 한디유? 상상만 해도 심장이 벌렁벌렁하구먼유."

육로 국경이 봉쇄당한 것에 지레 겁을 먹은 선장들은 쉽사리 배를 띄우려 들지 않았다. 다섯 번째로 퇴짜를 맞고 걸어 나온 이사벨이 한숨을 쉬며 말했다.

"이렇게 힘들 줄 알았으면 그냥 왕명으로 배를 하나 수배해 놓는 게 나을 뻔했구나."

"그러게요. 왜 그리 안 하셨어요? 무작정 와서 배를 찾으려 하시니까 이 고생이잖아요."

구시렁거리는 노빈손을 이사벨이 곁눈으로 째려보았다.

"그랬다간 우리 자기가 바로 우리 위치를 알아내고 쫓아올 게 아니냐."

"하지만, 이래서는 극비리 사절은커녕 그라나다에 발도 못 디디겠는데요."

"으음……."

이사벨이 소화불량에 걸린 사람처럼 신음을 흘렸다.

배편을 구하러 발걸음을 옮기는 노빈손 일행의 뒤를 프랑코의 검은 그림자가 따르고 있었다. 더러운 두건으로 얼굴을 가린 프랑코가 혼자 중얼거렸다.

"이사벨과 노빈손이 나스르 왕국으로 간다고? 전쟁이 벌어지려는 시기에 단 둘이서? 왜지? 미친 건가?"

설마 둘이서 사랑의 도피? 잠시 고민하던 프랑코는 말도 안 된다고 판단한 후 그 가능성을 삭제했다.

"왜 그라나다에 가는지 이유는 모르겠지

131

만……."

의아해하던 프랑코의 입가에 곧 비열한 미소가 떠올랐다.

"그렇다면 내게도 생각이 있지."

노빈손과 이사벨이 막 골목 모퉁이를 돌았을 때였다. 뒤쪽에서 째지는 남자의 목소리가 둘의 발걸음을 붙잡았다.

"오오! 거기! 거기 자네!"

두 사람은 동시에 뒤를 돌아보았다. 웬 아저씨가 숨을 헐떡이며 이쪽을 향해 달려오고 있었다. 군데군데 물감이 묻은 헌옷을 입은 모습이 꽤 우스꽝스러워 보였다.

쏜살같이 쫓아온 아저씨는 숨 고를 사이도 없이, 노빈손의 팔을 덥석 잡았다. 기겁을 한 노빈손이 팔을 빼려고 했지만 이상한 아저씨는 막무가내였다.

"자네! 그 얼굴! 얼굴!"

"히이이익?!"

"오오, 이 두상! 이 이목구비! 바로 이거야, 내가 원하는 게!"

"에엑? 아저씨, 지금 뭐하시는 거예요!"

당황한 노빈손은 필사적으로 버둥거렸지만, 그럴수록 아저씨는 더 끈질기게 노빈손의 허리에 달라붙었다. 여차하면 뽀뽀라도 할 듯한 기세였다.

"젊은이, 제발! 제발 내 말 좀 들어 보게나!"

"에엑? 아, 아저씨! 뭐예요, 이 팔 놓으세요!"

위기감을 느낀 노빈손이 다리까지 휘둘렀지만 소용이 없었다. 혼비백산한 노빈손과 찰거머리처럼 매달리는 아저씨를 제지한 것은, 이 난리통에 홀로 버려진 이사벨이었다.

"당장 떨어지시오! 지나가던 사람을 붙잡고 이 무슨 풍기문란한 행패란 말이오!"

이사벨의 말에, 아저씨는 눈꼬리를 추켜올리며 소리쳤다.

"뭐야? 아줌마한테 볼 일은 없어! 그보다 젊은이……"

쿠과광!

말이 끝나기도 전에, 이사벨의 강맹한 주먹이 아저씨의 등 너머 벽에 꽂혔다. 하얀 벽이 엄청난 소리를 내며 흔들렸고 횟가루들이 후두둑 떨어져 내렸다. 길 한복판에서 아우성을 치던 노빈손과 아저씨는 서로 볼때기를 잡은 채 우뚝 멈춰 섰다. 벽에는 주먹이 박혔던 구멍이 뻥 뚫려 있었다. 흉흉한 기운에 바들바들 떨고 있는 두 남자를 향해, 이사벨이 생긋 웃으면서 돌아섰다.

"네? 방금 뭐라고 하셨어요?"

순식간에 노빈손의 허리에서 떨어진 아저씨가 이사벨에게 넙죽 절을 했다.

"소인이 어리석었습니다, 마님."

과연 노회한 어른답게 재빠른 판단력이었다.

이사벨이 좀 진정한 후, 겨우 자초지종을 설명할 용기를 얻은 아저씨가 입을 열었다.

"소개가 늦었군요. 제 이름은 김수한무 거북이와 두루미 삼천갑자 동방삭 치치카포사리 사리센타 워리워리 세브리깡 무드셀러 구름이 허리케인에 담벼락 서생원에 고양이 고양이는 바둑이 바둑이는 피카쇼라고 합니다."

노빈손은 입을 쩍 벌렸다.

"……네?"

"그냥 피카쇼라고 불러주십시오."

"아, 네네."

거, 이름 진짜 기네. 노빈손이 속으로 혀를 내두르고 있는 동안 피카쇼가 말을 이었다.

"저는 부족하나마 그림을 그리고 있습니다."

"우아, 화가세요?"

"그렇습니다. 초상화나 성화 등을 그리며 먹고 삽니다만, 사실 저는 좀 더 색다른 그림을 추구하고 싶습니다. 뭔가 남들과 다른… 획기적인 그림을 말입니다. 하지만 어제까지는 제가 뭘 원하는지 스스로도 몰랐습니다. 한데 오늘!"

피카쇼가 노빈손을 바라보며 눈을 반짝 빛냈다. 그 눈이 흡사 병아리를 노리는 독수리처럼 느껴져서 노빈손은 움찔했다.

"조금 전에 젊은이를 보았을 때, 번개를 맞은 것처럼 영감이 내려왔네! 이제까지 없었던 혁신적인 화풍! 그 누구도 상상하지 못했던 새로운 차원의 그림이 떠오른 걸세! 이런 일생일대의 기회를 놓칠 수 있겠는가. 그래서 아까는 실례를 무릅쓰고 매달렸네. 용서하시게."

"그럼, 노빈손을 모델로 그림을 그리고 싶으신 건가요?"

이사벨이 질문하자 피카쇼의 눈은 빛나다 못해 번쩍번쩍 광선을 뿜어내기 시작했다.

"그렇습니다! 저 젊은이의 두상과 이목구비야말로 제가 꿈꾸던 이상적인 인간! 새로운 차원을 개척할 기적의 결정체! 오오, 자네를 그릴 수만 있다면 내 무엇을 잃어도

135

아깝지 않겠네! 제발 나의 모델이 되어 주게!"

우아, 이 대한민국 표준 꽃미남 노빈손의 진가를 알아보는 사람이 이역만리 스페인 땅에 있다니. 아저씨의 말에 절로 으쓱해진 노빈손은 어깨를 쭉 폈다. 옆에서 곰곰이 뭔가를 생각하던 이사벨이 입을 열었다.

"그렇다면 이렇게 하죠. 아저씨는 세비야에 대해서 잘 아시겠죠?"

"네? 그야, 여기서 나고 자랐으니까요."

"이 항구에서 나스르 왕국으로 갈 수 있는 배편을 찾아다 주신다면, 노빈손을 모델로 빌려 드리겠어요. 하지만 만일 불가능하다면 이 얘기는 없던 게 되는 겁니다."

"아니, 제가 무슨 물건인가요? 빌려 주다뇨!"

노빈손이 인상을 찌푸리며 이사벨에게 항의했지만, 이사벨은 눈썹 하나 까딱하지 않았다.

"가만 있거라, 노빈손. 이게 다 너를 위한 거다."

"그게 무슨 말씀이세요?"

"생각해 봐라. 너를 그리고 싶어 하는 괴짜 화가라니, 이건 혹시 신종 사기 수법일지도 모르지 않느냐?"

헉, 왠지 기분이 나빠지는 발언인데? 서운해진 노빈손이 투덜거리려고 할 때였다. 피카쇼가 펄쩍 뛰어오르며 환호성을 질렀다.

"정말이십니까? 이 동네 선장들은 죄다 제 불알친구입니다요. 배편이야 얼마든지 찾아드릴 수 있습니다! 그럼 노빈손 군을 제 모델로 쓸 수 있게 해주시는 거죠?"

"여장부는 한 입으로 두 말 하지 않습니다. 다만, 저희들은 급하게 여행 중이니 서둘러 주십시오."

이사벨은 그렇게 말하며 노빈손의 등을 부드럽게 쳤다. 입이 헤벌쭉 벌어진 피카쇼는 주섬주섬 도구들을 꺼냈고, 노빈손은 항의할 틈도 없이 피카쇼의 즉석 모델이 되어 버렸다.

"에……. 무슨 자세를 취해야 되죠?"

"그냥 편하게 있으면 된다네. 자네의 얼굴은 그 자체로 작품이니까!"

피카쇼가 펜을 들고 뜨거운 시선을 보내며 말했다. 찬사에 마냥 기분이 좋았던 노빈손도 조금 움찔할 정도였다. 이거, 이 아저씨 도대체 무슨 작품을 그리려고 이러지?

슥삭슥삭, 노빈손을 앞에 앉혀 놓은 피카쇼는 바쁘게 손을 놀렸다. 피카쇼의 등 뒤에서 스케치를 구경하던 이사벨의 표정이 점점 딱딱해지는 것이 노빈손의 눈에 들어왔다.

"피카쇼, 이… 이건……."

"어떻습니까? 아주 새로운 화풍이죠? 2차원인 화폭 위에 3차원을 표현하는 그림입니다. 즉 얼굴을 입체적으로 분리한 뒤 재조립함으로써 공간적 한계를 뛰어넘는 거죠. 이야, 노빈손 군을 만나지 못했다면 절대로 이런 시도를 하진 못했을 겁니다! 어때요, 마님도 한 장 그려 드릴까요?"

　피카쇼가 이사벨을 향해 쑤욱 얼굴을 들이댔다. 이사벨이 기겁을
하며 뒷걸음쳤다.

　"아… 아니, 난 됐네. 정말 참신한 시도로군."

　"음하하하! 전 역시 천재라니까요!"

　피카쇼가 호탕하게 웃는 새를 틈타, 노빈손은 초상화의 스케치를
들여다보았다. 초등학생의 그림처럼 삐뚤빼뚤한 얼굴 속에 노빈손
의 눈코귀가 멋대로 흩어져 있었다. 마치 사람의 얼굴을 빵틀에 넣
고 납작하게 눌러 버린 것 같은 모습이었다.

　잠시 할 말을 잃고 서 있던 노빈손을 향해 피카쇼가 기대에 찬 시

선을 보냈다.

"자네 보기엔 어때? 정말 멋지지 않나?"

피카쇼의 반짝거리는 눈을 마주한 노빈손은 그만 말문이 막혔다.

"아… (500년쯤 후에) 아주 혁신적인 그림으로 칭송받을 것 같네요, 하하."

"그렇지! 음하하하하!"

피카쇼가 파안대소를 하며 노빈손의 등을 쳤다. 노빈손은 애매하게 따라 웃으면서 슬금슬금 물러났다.

"저, 그럼 약속한 배는 어떻게……?"

"아, 걱정 말게나. 사흘 내로 준비될 걸세!"

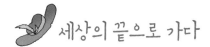 세상의 끝으로 가다

다행히도 피카쇼는 사기꾼이 아니었다. 그는 정말로 항구의 선장들과 잘 아는 사이였다. 단, 사흘 내로 준비된다던 약속은 지켜지지 않았다. 피카쇼가 어찌나 느긋하게 세월아 네월아 하는지, 노빈손이 눈물로 매달리고 이사벨이 몇 번 주먹을 날린 후에야 겨우 선장을 소개받을 수 있었다. 그러나 이번에는 선장이 배를 준비하며 늑장을 부렸다. 스페인 사람들의 느긋함 때문에 노빈손의 머리에서 김이 피

어오를 지경이었다.

결국 일행이 출발한 것은 2주 후의 일이었다. 아침 일찍 출항한 배는 순조로이 바다를 헤치며 달려 나갔다. 노빈손은 오랜만에 맛보는 짭조름한 바닷바람을 맞으며 갑판 위를 둘러보았다. 꽤 먼 바다로 나왔는지 바닷새들도 더 이상 눈에 띄지 않았다.

배의 고물 쪽으로 고개를 돌리던 노빈손은 자신 쪽으로 다가오는 이사벨을 발견했다. 푸른 수평선을 눈부신 듯 바라보던 이사벨이 노빈손에게 말을 걸었다.

"노빈손, '세상의 끝'을 본 감상은 어떠냐? 무섭지는 않느냐?"

"네? 세상의 끝이라뇨?"

이사벨이 눈을 크게 뜨더니 손가락으로 수평선을 가리켰다.

"모르느냐? 저쪽을 보거라. 저것이 바로 '세상의 끝'이야. 바다와 하늘이 맞닿은 선이 보이지? 저 바다 너머에는 아무것도 없단다. 거대한 폭포만이 한없이 떨어지고 있다고들 하지. 잘못해서 저 근처로 갔다가 그 물줄기에 말려들기라도 하면 바로 지옥행이니라."

"잠깐만요, 여왕님."

노빈손이 휘휘 손을 내저었다.

"이베리아 반도는 세상의 마지막 땅이 아니에요. 그건 다 사람들이 지어낸 얘기라고요."

"뭣이? 하지만……."

"잠시 실례해도 되겠습니까?"

두 사람의 대화는 갑작스레 끼어든 어느 사내에 의해 끊기고 말았다. 노빈손과 이사벨은 동시에 입을 다물고 그를 쳐다보았다.

　30대 후반쯤 되었을까, 호감 가는 인상의 미남이 입가에 빨간 장미꽃을 한 송이 물고 그곳에 서 있었다. 그 모습에 어처구니가 없어진 노빈손은 조금 입을 벌렸으나, 그는 노빈손의 반응에 개의치 않는 모양이었다. 사내는 입가에 문 장미꽃을 이사벨에게 건네며 입을 열었다.

　"아름다운 세뇨리타. 이토록 싱그러운 바다조차 빛을 잃게 만들 만큼, 그대의 미모는 눈부시기 짝이 없군요. 제 학식과 기품이 조금이나마 세뇨리타를 즐겁게 해드릴 수 있다면 영광이겠습니다. 세뇨리타의 무식한 시종보다는 훨씬 흥미로운 말상대가 될 것을 약속 드리지요."

　뭐, 무식한 시종이라구? 약이 오른 노빈손은 사내를 노려보며 이죽거렸다.

　"헤에, 얼마나 굉장한 학식과 기품인지는 몰라도 안목은 보잘 것 없군요? 여기 이 분은 벌써 결혼했……."

　퍼억! 미처 말을 끝내기도 전에 이사벨의 강력 펀치가 노빈손의 오른뺨에 작렬했다. 부어오르는 뺨을 싸쥔 노빈손은 억울한 눈빛으로 이사벨을 쳐다보았으나, 이사벨은 살벌한 미소를 띠며 말했다.

　"미안하구나, 노빈손. 뺨에 파리가 앉아

있기에."

그게 지금 말이 되냐고요! 하여튼 페르난도 폐하만 불쌍하다니까.

노빈손은 볼썽사납게 된 볼을 문지르며 입을 다물었다. 사내의 장미꽃을 받아든 이사벨이 대답했다.

"과찬에 몸 둘 바를 모르겠군요. 누구신지요?"

"이 배에 잠시 몸을 의탁하고 있는 모험가 크리스토발 콜론이라고 합니다."

이사벨이 호기심 어린 표정으로 물었다.

"모험가요? 예를 들면 어떤?"

"아, 제 모험의 목표는 세상의 끝 너머에 있답니다."

"네?"

이사벨이 의아한 눈빛으로 그를 쳐다보았다.

"서쪽 바다 말씀이신가요? 하지만 거기에는 아무것도 없어요. 지브롤터 해협이 세상의 마지막 땅인걸요."

"아뇨. 끝없이 떨어지는 폭포가 있다느니, 지옥으로 가는 급행선이 있다느니 하는 사람들의 말은 다 허황된 추측에 불과합니다. 저는 저 너머에도 사람 사는 땅이 있을 거라고 생각합니다."

"네? 어째서?"

"발상의 전환이지요! 모험가가 되려면 다른 사람들이 보지 못하는 것을 보고, 듣지 못

하는 것을 듣고, 발견하지 못하고 지나치는 것들을 발견해야 한답니다. 가령, 이런 거지요."

콜론은 품속에서 하얀 달걀 하나를 꺼내어 이사벨의 손바닥 위에 건넸다.

"아름다운 세뇨리타, 이 달걀을 똑바로 세우실 수 있겠습니까?"

"네?"

이사벨은 살짝 미간을 찌푸렸다.

"하지만 달걀은 둥글잖아요. 이걸 어떻게 똑바로 세워요?"

"훗. 보통은 그렇게 생각하기 마련이지요. 하지만, 잘 보십시오. 저라면……."

콜론이 있는 대로 폼을 잡으며 달걀을 들어 올리려 할 때였다. 옆에서 노빈손이 톡 끼어들었다.

"에이, 그거 저도 알아요. 한쪽 끄트머리를 부순 다음에 똑바로 세우는 거지요?"

잘난 척하며 입을 열려던 콜론의 표정이 종잇장처럼 팍 구겨졌다. 그를 미처 보지 못한 이사벨은 피식 웃으며 노빈손을 나무랐다.

"무슨 소리냐, 노빈손. 뭔가 다른 방법이 있는 거겠지. 아무려면 그런 반칙을 사용할까. 안 그래요, 콜론 씨?"

크리스토발 콜론

영어식 이름인 '크리스토퍼 콜럼버스'로 더 유명한 15세기의 탐험가이다. 이탈리아 제노바 출신으로, 스페인 이사벨 1세의 지원을 받아 서쪽 바다를 항해한 끝에 신대륙(아메리카)을 발견하였다. 1492년 현재의 바하마 제도에서 과나하니 섬(추정)에 도달했고, 이섬을 산살바도르라 칭하였다. 이날은 아메리카 대륙의 역사상 가장 중요한 날 중 하나로 여겨지고 있다. 이어서 그는 쿠바·히스파니올라(아이티)에 도달하여, 이곳을 인도의 일부로 착각하고 원주민을 인디언이라 칭하였다.

"아… 으… 그게……. 흠흠."

콜론은 삐질삐질 땀을 흘리며 헛기침을 해댔다. 이사벨이 콜론에게 달걀을 건네주며 호기심 가득한 눈으로 그를 바라보았다.

"이 아이는 신경 쓰지 마시고, 하던 말씀 계속하세요. 달걀을 어떻게 세우신다고요?"

이사벨의 시선을 피하며 휘휘 주위를 둘러보던 콜론은 갑자기 선창 쪽을 쳐다보며 손을 흔들었다.

"어? 선장님이 절 찾으시는 것 같네요. 그럼, 먼저 실례!"

"아니, 저……."

이사벨이 뭐라고 말하기도 전에, 콜론은 후다닥 달려서 선창 아래로 사라져 갔다. 이사벨은 가벼운 한숨을 내쉬면서 난간에 팔꿈치를 기대고 중얼거렸다.

"이상한 사람이네. 세상의 끝 너머라고? 그런 게 있을 리가 없잖아."

"아, 여왕님. 서쪽 바다에 대해서 저 아저씨가 한 말은 진짜예요."

난간을 붙잡고 기지개를 켜던 노빈손이 이사벨의 말을 받았다. 저런 느끼한 녀석의 말에 맞장구를 쳐 주고 싶은 생각은 없지만, 그래도 사실은 사실이니까.

"지옥행 폭포 얘기는 세상이 평평하다고 생각한 사람들이 지어낸 말이에요. 사실 세상은 평평하지 않거든요. 둥글지요."

"노빈손, 너까지 무슨 소릴 하는 것이냐!"

"진짜예요. 저 너머엔 새로운 세상이 있어요."

노빈손이 아득한 대서양 너머를 손가락으로 가리켰다.

"제가 바로 저 바다 건너에 있는 나라에서 왔거든요."

"뭐? 세상의 끝 너머에 있는 나라? 정말이냐?"

"정말이라니깐요. 세계 최고의 모험가가 하는 말이니까 믿으셔도 돼요."

나폴레옹의 스페인 침공
1793년 스페인은 나폴레옹이 이끄는 프랑스 제공화국과의 전쟁에서 패하여 프랑스의 종속국이 된다. 이에 따라 스페인 국왕은 왕좌를 나폴레옹의 형인 조세프 보나파르트에게 넘기고 말지만, 민족주의자 군중들은 이에 반발하여 프랑스 군대를 상대로 독립운동을 벌인다. 이 기간 동안 스페인은 정치 불안을 겪으면서 쿠바와 푸에르토리코를 뺀 모든 라틴 아메리카의 식민지를 상실하였다.

45

이사벨은 뭔가에 홀린 듯한 얼굴이었다.

"이베리아 반도가 세상의 끝이 아니라고? 게다가 노빈손, 네 나라는 서쪽 바다 너머에 있다고? 이거야 원, 선뜻 믿기 어렵구나. 여자로서 평생을 살아왔는데 실은 남자였다는 얘길 듣는 기분이다."

"여왕님은 여자 맞으니까 걱정 안 하셔도 돼요. 하지만 이 얘긴 진짜예요. 믿으시죠?"

"그럼……. 네 말인데, 믿고말고."

이사벨은 그리운 듯한 시선으로 길고 파란 수평선을 바라보았다. 하얀 햇살이 하늘과 바다의 경계선에서 부서지고 있었다.

"노빈손, 너는 정말 신기한 아이로구나. 어찌 그리도 많은 것을 알고 있느냐? 어디서 왔다고 했지?"

"저 바다 너머에 있는 대한민국이라는 나라요."

어깨가 으쓱해진 노빈손은 괜히 코끝을 비볐다. 이사벨이 바람에 속삭이는 것처럼 작은 목소리로 중얼거렸다.

"그게 정말이라면… 나도 가보고 싶구나, 신세계에."

스페인 최고의 화가는
과연 누구?

노빈손 >>> 스페인 하면 떠오르는 화가들은 누가 있을까요? 스페인 최고 화가 선정 소식을 듣고 네 분의 화가가 출마해 주셨는데요! 1분 스피치 시간을 통해 출마의 변을 들어 보도록 하겠습니다. 자신이 왜 스페인을 대표하는 화가인지 논리정연하게 말씀해 주시는 분께 영예의 타이틀을 드리도록 하죠! 심사는 독자 분들께 맡기겠습니다.

명암 묘사의 대가, 벨라스케스!

안녕하시오, 17세기에 활동한 디에고 벨라스케스라고 하오. 주로 바로크 풍의 왕족 초상화를 그리면서 이름을 알렸지.

이 자리에 나온 분들은 알겠지만, 내 그림은 바로크 미술답게 장식적이고 화려한 게 특징이지. 남들 말로는 빛과 어둠의 강렬한 대비가 일품이라 하더군.

나의 이 독보적인 명암 묘사가 후세에 영향을 미쳐서, 빛과 어둠 표현을 중요시하는 '인상주의' 사조도 일어났다는 거 아니겠소. 저기 앉아 있는 기호 3번 피카소 군은, 내 그림 〈시녀들〉을 무려 44번이나 새로운 형태로 모작했다는군. 더 이상의 설명은 필요 없다고 생각하오. 이 정도만 해도, 스페인 최고 화가의 영예는 내가 마땅히 가져가야 하지 않겠소?

▲ 벨라스케스 〈시녀들〉

낭만과 격정의 화가, 참여 미술의 선구자 고야!

18세기의 화가인 프란시스코 데 고야입니다. 벨라스케스 선배님의 말씀을 듣고 있자니, 저절로 고개가 숙여지는군요. 벨라스케스 선배님의 명암은 누가 봐도 정말 최고지요.

하지만 사실, 너무 따분한 느낌도 없지 않습니다. 인간의 격한 감정을 읽을 수가 없다는 게 단점이죠.

저도 처음에는 벨라스케스 선배님처럼 초상화를 그렸습니다만, 이건 유행이 지났다 싶어 길을 돌렸습니다. 그러곤 인간의 우둔함과 전쟁의 비참함을 고발하는 낭만과 그림을 내놓았죠.

그림으로 말하는 화가라면, 초상화보다는 눈앞의 사회 현실이나 역사를 표현하여 후대에 남겨야 하는 게 당연한 일 아니겠습니까? 귀족들의 초상화들만 줄창 그리고 앉아 있다 보니, 점점 이건 아니다 싶은 생각이 들더라고요.

기호 2번

19세기 초에 나폴레옹이 스페인을 침략하는 바람에 난리통인 적이 있었는데, 야, 이것 참 가만 있을 때가 아니구나 싶어서 전쟁의 만행을 고발하는 작품을 많이 그렸어요.

▲ 고야 〈5월 3일의 총살〉

그 작품 중 하나가 바로 유명한 〈5월 3일의 총살〉이란 말씀. 낭만과 격정. 이 단어들이야말로 스페인을 정확히 집약하는 단어가 아니겠습니까? 그런 면에서, 낭만주의 사조의 대가인 나야말로 스페인을 대표하는 화가라고 할 수 있지요. 안 그렇습니까?

입체파의 기수, 피카소!

본명은 너무 길어서 생략하겠습니다. 그냥 파블로 피카소라고 불러 주세요. 저는 20세기의 현대 미술을 대표하는 입체파 화가입죠. 저도 고야 선배님처럼 사회 고발 그림을 꽤나 그렸습니다. 전쟁과 대량학살을 고발하는 작품들을 주렁주렁 그려 냈죠. 그중에서 가장 유명한 것이 〈게르니카〉입니다.

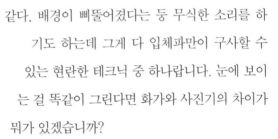

뭐, 일부 무지몽매한 자들은 내 그림을 두고 해괴망측하다, 외계인 같다, 배경이 삐뚤어졌다는 둥 무식한 소리를 하기도 하는데 그게 다 입체파만이 구사할 수 있는 현란한 테크닉 중 하나랍니다. 눈에 보이는 걸 똑같이 그린다면 화가와 사진기의 차이가 뭐가 있겠습니까?

저는 한 가지 시점에서 장면을 그대로 재현하기보다는 여러 시점에서 포착되는 다양한 이미지들을 재구성해 보고자 노력했어요. 2차원인 종이 위에 3차원적인 그림을 그리려는 시도라고나 할까요?

그런 점에서, 노빈손 군의 얼굴은 제가 추구하는 인물상과 아주 근접한 마스크를 가지고 있지요. 아주 호감 가는 인물상이에요. 제가 만약 스페인 최고 화가의 영예를 차지한다면, 노빈손 군을 열심히 조련시켜 남성미가 넘치는 누드화에도 도전해 볼 생각입니다.

어때요? 그 모습을 한번 보고 싶지 않으세요?

스페인 미술계의 이단아, 달리!

아아. 안녕하세요. 20세기 초현실주의 화풍의 대표 주자 살바도르 달리입니다. 후보 연설에 늦지 않으려고 타임머신까지 탔는데 갑자기 윈도우가 먹통이 되어서……. 하하하. 자, 그럼, 제 소개를 간략히 해볼까요?

여러분들, 추파춥스 사탕 아시죠? 막대사탕의 대표 주자, 전 세계 모든 어린이들의 기호식품, 추파춥스! 그 추파춥스의 로고 디자인을 제가 했다는 거 아니겠습니까.

기호 4번

그게 뭐 대수냐고요? 후홋. 그렇죠. 제 수많은 걸작들에 비하면, 사탕 봉지 디자인쯤은 정말 아무것도 아닙니다. 저는 앞에 계신 선배님들하고 아예 차원이 다릅니다. 3차원의 세계를 넘어 초현실의 세계로 들어가 그림을 뽑아 왔습니다. 사실주의로 재생산한 이미지를 전혀 사실적이지 않게 그리는 것이 제 특기죠. 시계가 흐물흐물 녹아 있는 그림, 많이 접해 보셨을 겁니다. 그게 바로, 제 작품 중 가장 유명한 〈기억 속의 영속〉이지요.

아, 그런데 지금 몇 시죠? 연설에 앞서 여러분께 정말 긴히 드릴 말씀이 있습니다. 제가 자주 들락거리는 초현실의 세계에, 우주인 녀석이 하나 있는데, 그 녀석이 오늘 글쎄, 저만이 세계를 구할 수 있다며 같이 갈 데가 있다는 겁니다. 그래서 후보 연설이 있으니까 안 된다고 버텼는데요. 아, 그 녀석이 글쎄 5시까지 나로도 우주 기지에서……#@$@$%#%…….

크리스토발 콜론은 천국행? 지옥행?

염라대왕 ⋙ 엇흠! 다들 모였는가? 지금부터 '세계의 끝'을 탐험했던 모험가이자, 신대륙의 정복자였던 크리스토퍼 콜럼버스에 대한 재판을 시작하겠다!

군중들 ⋙ 와아~ 와아~.

염라대왕 ⋙ 피고, 크리스토퍼 콜럼버스! 스페인식 이름으로 크리스토발 콜론! 변론을 시작하라.

콜론 ⋙ 아이고, 염라대왕님! 정말 억울합니다. 세상에서 제일 유명하고 위대한 탐험가인 제가 왜 재판을 받아야 합니까? 제가 얼마나 죽을 똥 살 똥, 피똥이 좍좍 나올 만큼 고생하면서 그 바다를 누볐는데요. 게다가 다들 두려워하던 '세계의 끝'을 넘어서 인도로 가는 길을 찾아내기까지 했지요. 제 발견을 기념하는 '콜럼버스 데이'도 있고요. 1992년에 스페인에서 열린 바르셀로나 올림픽 때는 대륙 발견 500주년을 기념하여 서구 문명의 발전사에서 제가 한 역할을 기리기도 했지요. 그런데 위인에 대한 예우치곤 너무 심하신 처사 아닙니까?

염라대왕 ≫≫ 아직도 모르나? 네가 도착한 신대륙은 인도가 아니라 아메리카라구.

콜론 ≫≫ 네? 아메… 리카요? 그게 뭐죠?

염라대왕 ≫≫ 네가 도착한 땅의 이름이다. 인도는 그 땅 너머에 있다구.

콜론 ≫≫ 뭐, 뭐라구요?

염라대왕 ≫≫ 그만! 증인, 들어오시오.

증인 ≫≫ 존경하는 염라대왕님. 안녕하십니까, 저는 15세기 바하마 군도에 살고 있었던 아라와크 족 주민입니다.

콜론 ≫≫ 오, 그럼 인디오인가?

증인 ≫≫ 인디오 좋아하시네! 우리 땅은 인도가 아니라니까! 남이 살고 있던 땅에다 멋대로 이름 붙이지 마!

콜론 ≫≫ 미… 미안…….

증인 ≫≫ 저기 서 있는 콜론이라는 자는 이루 말할 수 없이 극악무도하고 사악한 침략자입니다! 콜론의 뒤를 따라온 하얀 얼굴의 인간들이 우리 황금을 송두리째 약탈해 갔어요! 그뿐입니

까, 동포들을 셀 수도 없이 죽였지요! 불과 1백 년 만에, 대륙에 살고 있던 원주민들 중 90%가 죽었어요. 1520년대 페루에는 9백만 명이 살고 있었는데, 1백 년 뒤에는 60만 명밖에 남지 않았다고 합니다. 1천만 명에 달하던 멕시코 인구도 정복당한 후 73만 명으로 줄었다고요.

염라대왕 ››› 뭐라고? 그렇게까지 심했는가?

콜론 ››› 나, 난 그렇게까지 심한 학살이 있었는 줄은 몰랐어!

증인 ››› 거짓말! 우리 동족들을 잔뜩 잡아가서 노예로 판 것은 바로 당신이야! 당신은 우리를 같은 인간으로 보지도 않았어!

염라대왕 ››› 콜론, 변명할 말이 있는가?

콜론 ››› 염라대왕님, 저는 모험가입니다. 세계의 끝 너머에 신대륙이 있다는 말을 모두가 조롱하고 놀려도, 저는 오직 제 신념을 증명하기 위하여 목숨을 걸고 바다를 건넜습니다. 그 용기와 도전정신을 조금이라도 인정해 주실 수는 없을까요? 제 발견 이후 세계의 역사가 뒤바뀐 것 역시 사실이지 않습니까. 당시 스페인이 세계를 누빌 수 있었던 것도, 오늘날 스페인어를 사용하는 인구가 3억 2천만 명이나 될 만큼 그 문화가 퍼진 것도 모두 제 공이란 말입니다.

증인 >>> 발견이라고? 우리는 옛날부터 그 땅에서 평화롭게 살고 있었어! 잉카나 마야 같은, 우리들이 꽃피워 낸 문명과 문화도 있었단 말이야. 당신은 그걸 모조리 없던 걸로 부정하고, 우리를 '발견' 해 냈지! 마치 우리가 그때 처음 나타난 것처럼 말이야.

염라대왕 >>> 양쪽 얘기 모두 잘 들었소. 크리스토발 콜론! 판결을 내리겠다.

콜론 >>> 꿀꺽…….

염라대왕 >>> 지옥에는 보내지 않겠다. 대신 정복자들에게 약탈당하거나 목숨을 잃은 모든 사람들의 영혼을 하나하나 찾아 내어 사과하도록. 그게 끝날 때까지 아무 데도 못 갈 줄 알아라. 오늘의 재판 끝!

나스르 왕국에 도착하다

몇날 며칠의 바닷길 여행이 끝나고, 노빈손 일행은 무사히 나스르 왕국에 도착했다. 하얀 흙으로 둘러싸인 언덕 너머로 반짝이는 모스크 지붕이 보였다. 돌을 정교하게 깐 거리에는 머리에 터번을 두른 사람들이 오가고 있었다. 두근두근, 노빈손은 왼쪽 가슴을 움켜잡았다. 바짝 긴장한 심장이 콩닥거렸다.

"여왕님, 이제부터 어떻게 할 생각이세요?"

"음, 희생을 줄이려면 역시 그라나다의 왕과 담판을 지어야 하지 않겠느냐."

"에엑? 설마 이대로 알람브라 궁전에 가실 생각은 아니겠죠?"

"그럴 생각이었는데……. 왜, 안 되겠느냐?"

태평하기 그지없는 이사벨의 말에 답답해진 노빈손이 가슴을 퍽퍽 쳤다.

"무작정 궁전부터 찾아가면 이 나라 왕이, 아니 술탄이 얘기를 들어줄 것 같아요? 얼씨구나 우릴 잡아서 인질로 삼을걸요."

"위험은 각오하고 있다. 가만히 손 놓고 기다릴 수만은 없잖느냐. 겨우 여기까지 들어

하루 다섯 번 이뤄지는 이슬람 예배

이슬람교도들은 하루 다섯 번, 즉 새벽, 정오, 오후, 일몰, 밤에 의무 예배를 드린다. 설령 차를 타고 고속도로를 달리던 중이더라도 이 시간에는 휴게소에 멈춰 서서 기도해야 한다. 먼저 몸을 깨끗이 닦고, 선 채로 『코란』의 제장을 외우면서 예배를 시작한다. 그 후 두 손을 무릎에 대고 허리를 90도 숙여 반절을 한 뒤, 완전히 큰절을 하는 것이 순서이다. 큰절을 할 때는 이마와 코끝이 바닥에 닿아야 한다. 이후 한 번 더 큰절을 하면 예배의 기본 순서가 끝난다.

156

왔는데."

"제 말은요, 우리에게도 작전이 있어야 한다는 뜻입니다! 저만 믿으세요. 일단 정보부터 수집한 후에… 으허헉?"

큰소리를 치며 걷던 노빈손은 깜짝 놀라 멈춰 섰다. 하얀 모스크 옆으로 난 대로변에 터번을 쓴 사람들이 잔뜩 쓰러져 있었다. 서 있는 사람은 한 명도 보이지 않았다. 노빈손은 무의식적으로 비명을 질렀다.

"으, 으악! 시체들이… 읍!"

이사벨이 황급히 노빈손의 입을 막으며 뒤로 끌어당겼다.

"아니다! 노빈손, 잘 보거라."

입이 막힌 채 끙끙거리던 노빈손의 귀에 커다란 목소리가 들려왔다.

"비스밀라히 라흐마니 라힘~ 알라후 아크바르~!"

처음 들어 보는 신기한 언어가 끊임없이 울려 퍼지고, 사람들은 그에 따라 일사불란하게 절을 하고 있었다. 노빈손이 이사벨에게 소곤댔다.

"지금 뭐 하는 거예요?"

"무어인들의 기도 시간이다. 이 나라에서는 하루에 다섯 번, 메카를 향해서 절을 한단다."

이슬람의 성역, 메카
메카란 사우디아라비아 헤자즈 지방에 있는 도시로, 이슬람의 창시자인 무함마드가 태어난 곳이자 이슬람교도들의 중요한 성지이다. 하루에 다섯 번, 13억이 넘는 전 세계의 이슬람교도들은 메카의 카바 신전을 향해 절하며 예배를 드린다. 이때 절하는 방향을 키블라(qiblah)라고 부른다. 메카를 비롯한 이슬람의 성지를 방문하는 순례, 핫지(Hajj)는 이슬람교도로서 지켜야 할 다섯 가지 의무 중 하나이다.

157

'휴우, 그래서 모두들 엎드려 있었던 거구나.'

기도 시간이 끝났는지 길 위에서 절하던 사람들이 차례차례 일어서고 있었다. 노빈손이 이사벨에게 윙크했다.

"자, 그럼 정보 수집을 하러 갈까요?"

"정보 수집이라니……, 어떻게 말이냐?"

"사람들한테 들어야죠."

"지금 막 도착해서 아는 사람도 없지 않느냐."

"여왕님, 벌써 잊으셨어요?"

노빈손이 처억 손가락을 세워서 까딱까딱 흔들었다.

"플라멩코의 본고장, 세비야에서 온 최고의 무희, 이사벨라! 그의 동행자 노빈손! 그들이 가는 곳에는 언제나 사람들이 모여든다! 이게 우리의 구호잖아요."

띠링~! 광장 한가운데서 맑은 기타 소리가 울렸다. 바삐 갈 길을 가던 사람들의 걸음이 멈칫하면서 호기심 가득한 눈길들이 노빈손의 기타를 향했다. 이사벨이 따라락 구두굽으로 바닥을 치며 다리를 휘저었다. 펄럭, 긴 치마가 살아 있는 것처럼 꿈틀거렸다. 노빈손이 기타를 드륵 긁었다.

"날이면 날마다 오는 게 아닙니다! 진짜 원조 참 플라멩코! 오늘 이 자리에서 남김없이 보여 드리겠습니다!

노빈손이 강하게 기타 현을 튕겼다. 타다닥, 이사벨의 발이 세차게 바닥을 내려치자 기타 소리와 함께 리듬이 생겨났다. 플라멩코

특유의 정열적이면서도 애절한 선율이 흘러나오자 지나가다 멈춰 선 관객들은 두 사람의 공연에서 눈을 떼지 못했다. 사람들이 모이자 조금씩 웅성대는 소리가 높아졌다.

"아라곤과 카스티야의 연합군이 우리나라 국경을 포위했다던데."

"나 참, 어린애를 술탄이랍시고 총사령관 자리에 앉혀 놓으니까 우리가 당하기만 하는 거잖아. 이거 위험한 거 아냐?"

"뭐? 아직 모르나?"

사내의 놀란 목소리가 노빈손의 귀에까지 들려왔다.

"보압딜은 술탄 자리에서 쫓겨났어. 지금은 엘 사갈 장군이 술탄이네."

"아니, 그 사람은 보압딜의 숙부잖아? 어떻게 술탄이 됐지?"

"마음 약한 도련님에게 맡겨 놓았다간 나라가 어찌 될지 모르지 않는가. 해보기 전부터 전쟁은 싫다느니 공물을 다시 보내자느니, 어머니 치맛자락에 매달렸다던데?"

"엘 사갈(용감한 자라는 뜻)이 자리를 꿰차고 들어설 만하군. 보압딜이 좀 팔랑귀로 유명하지, 쯧쯧."

노빈손은 귀를 쫑긋 세우고 구경꾼들의 수다를 주워 담아 들었다. 그 바람에 열심히 외웠던 플라멩코의 가사가 뒤죽박죽이 되었지만, 불행 중 다행이랄까. 이 나라에

그라나다 왕국(나스르 왕국)
1231년 이븐 알 아마르가 나스르 왕조를 세운 뒤, 그라나다 왕국은 가장 오래도록 이베리아 반도 내 무어인 국가로 남아 있었다. 1236년 코르도바가 가톨릭 국가들에게 정복되자, 나스르 왕조는 카스티야에 복속될 것을 청하면서 속국으로 남게 되었다. 이후 260년간 카스티야 왕국의 속국으로서 존재했으며 기독교 군주에게 공물을 바쳤다. 나스르 왕국은 나스르 왕조가 다스린 모든 나라를 통칭하는 명칭이다.

는 노빈손의 외계어를 알아듣는 사람이 아무도 없었다.

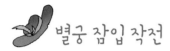 별궁 잠입 작전

그로부터 얼마 후, 노빈손과 이사벨은 커다랗고 으리으리한 별궁 대문 앞에 서 있었다. 담벼락 너머로 둥근 아치들이 무지개처럼 펼쳐져 있는 것이 보였다. 그 화려함에 넋을 잃고 있는 노빈손을 이사벨이 재촉했다.

"노빈손, 네 말대로 보압딜의 별궁까지 왔다만, 이제부터 어떻게 할 생각이냐?"

"뻔하죠, 보압딜과 만나서 담판을 짓는 거예요."

"알기 쉬워서 좋구나!"

그렇게 말하면서 별궁 안으로 걸어 들어가려는 이사벨의 팔을 노빈손이 붙잡았다.

"아니, 지키는 사람이 저렇게 많은데 어떻게 안으로 들어가시려고요? 지금 우리 몰골이 얼마나 꼬질꼬질한지 모르세요?"

"내가 카스티야의 여왕이라는 걸 밝히면 되지 않겠느냐?"

노빈손이 한숨을 푹푹 쉬었다.

"명함을 활용하는 것도 좋지만, 여긴 적국

그라나다의 정복

반도의 통합에서 가장 중요한 것은 무어인들이 지배하는 그라나다 왕국을 정복하는 것이었다. 작은 나라였지만, 산악 지세와 성벽에 둘러싸인 요새나 다름없었기 때문에 정복하는 데 11년(1481~1492)이나 걸렸다. 페르난도 왕은 그라나다 왕국 내부에서 발생한 문제, 즉 술탄(왕)의 자리를 둘러싼 보압딜과 엘 사갈의 대립을 이용하여 정복의 구실을 만들었다.

이라고요! 그렇게 정체를 훌러덩 훌러덩 밝혔다가 상대방이 다른 맘을 먹으면 어떡하려고 그러세요?"

"그럼 어쩌자는 말이냐?"

"음……. 몇 가지 준비가 좀 필요한데요."

노빈손이 이사벨의 가슴 언저리를 손가락으로 가리켰다.

"여왕님이 갖고 계신 왕가의 목걸이를 좀 빌려야겠어요. 그리고……."

바닥을 휘휘 둘러보던 노빈손은 적당히 큰 돌멩이를 하나 주웠다. 그러곤 팔을 획획 돌려 돌을 그대로 저택 안쪽으로 던져 넣었다. 와장창! 뭔가 비싼 것이 깨지는 소리가 담장 너머까지 들렸다. 이사벨이 소스라치게 놀라 노빈손의 어깨를 움켜쥐었다.

"노, 노빈손! 너 뭐 하는 짓이냐?"

"웬 놈들이냐!"

행여 범인이 도망갈세라, 잽싸게 달려 나온 별궁의 관리인이 귀청이 떨어져 나갈 듯한 소리를 질렀다. 노빈손은 짐짓 울상을 지어 보이며 바닥에 납작 엎드려 절을 했다.

"죽을죄를 지었습니다! 소인은 떠돌이 집시이온데, 사람을 웃기면서 그날그날 밥을 빌어먹고 살다 보니……. 그만 저글링 연습 중에 실수를 하고 말았습니다! 구경꾼들을 웃기는 재주 하나는 최고로 신통한데 어쩌다 이런 실수를 저질렀는지……."

흉흉한 기세로 달려오던 관리인은 노빈손의 주절거리는 변명을 듣고 멈춰 섰다.

"사람을 웃기는 재주라고?"

"예이, 그렇사옵니다. 멀쩡하던 사람도 제 유머만 들으면 너무너무 재미있어서 재미교포가 되어 버릴 정도랍니다."

관리인은 노빈손의 뺀질뺀질한 머리통을 내려다보며 재미교포가 무엇인지 잠시 고민에 빠졌다. 하지만 자신의 무식을 감추고 싶었던 그는 단어 뜻을 묻는 대신 다른 질문을 했다.

"그 말이 참말이렷다?"

"물론입니다!"

"하긴, 생김새를 보아하니 보통 익살꾼은 아닐 듯하구나. 마침 그런 자가 필요하던 참이었다. 네가 우리 주인님도 웃길 수 있다면, 별궁 안에 돌을 던진 죄는 용서해 주겠다. 하지만!"

관리인의 눈이 번뜩 빛났다.

"거짓을 고한 것이라면, 네놈들의 손모가지가 동강날 줄 알아라."

"네이~."

노빈손은 머리를 조아리면서 속으로 쾌재를 불렀다. 아직 상황 파악이 되지 않은 이사벨이 걱정스럽게 뒤에서 노빈손을 바라보고 있었다.

마지막 무어인 왕, 보압딜

보압딜(Boabdil), 정식 이름은 무함마드 12세다. 연합군의 전쟁 포고로 흉흉한 중에 술탄으로 추대되었으나, 마음은 유약하고 나이는 어렸다. 이 책에서는 보압딜이 엘 사갈의 수하 인물로 등장하나 실제 역사는 이와 다르다. 전쟁 중에 연합군의 포로로 잡혔으나, 자신을 복위시키고 정적인 엘 사갈을 물리쳐 준다면 수도 그라나다를 넘겨주겠다고 페르난도 왕에게 약속한 후 풀려난다. 그러나 정작 복위된 후 약속을 지키지 않았고, 결국 페르난도와 이사벨의 압박에 의해 왕위를 내놓고 아프리카로 떠난다.

# 웃지 않는 왕자

보압딜은 오늘만도 몇 번째인지 알 수 없는 한숨을 쉬었다. 곁에서 음악을 연주하고 있던 악사들이 힐끔 이쪽을 바라본 것 같았다. 발아래에는 진수성찬이 차려져 있었고 홀 내에 아름다운 음악이 흐르고 있었지만, 보압딜에게는 자신이 앉은 자리가 가시방석처럼 느껴졌다.

'젠장, 이런 사치를 부려 봤자 무슨 소용이 있냐고. 성벽 밖에는 불신자들의 군대가 우글우글 몰려와 있는데⋯⋯.'

카스티야–레온 연합군은 하루하루 그라나다의 중심으로 가까워지고 있었고, 이제 나스르 왕국의 운명은 바람 앞의 촛불이나 다름없었다. 그 때문에 무능하다고 왕위에서까지 쫓겨나지 않았는가. 그것도 억울하고 분하기는 하지만, 지금 이 순간 가장 걱정되는 것은 역시 전쟁이었다.

'엘 사갈 숙부님은 너무 무모해. 이대로 버텨 봤자 우리가 지는 건 뻔한 노릇이거늘, 그러면 뒷감당은 어떻게 할 생각이지? 무섭지도 않나? 내 마음은 상상만 해도 공포탄 맞은 심장마냥 공포에 떨려 오는데⋯⋯. 에구, 모르겠다! 생각하지 말자.'

스트레스가 쌓인 보압딜이 벌렁 드러누웠을 때였다. 보좌관이 들어와 머리를 조아리며 말했다.

"전하, 새로운 어릿광대들이 도착했사옵니다. 부디 조금이나마 여흥으로 즐겨 주시길 바랍니다."

"네가 몰고 오는 유치한 광대들은 이제 필요 없다 하지 않았느냐. 내 고민은 저질 만담 따위로 치유될 것이 아니란 말이다."

"하오나 전하, 이번에 데려온 아이는 조금 다르옵니다. 부모로부터 타고난 생김새부터가 웃음의 결정체이오니, 부디 잠시만이라도 보아 주시옵소서."

보좌관은 쉽게 물러나지 않았다. 귀차니즘과 우울증의 복합 증상을 보이는 보압딜이 어지간히도 걱정이 되었던 모양이다. 어차피 할 일도 없겠다, 거절하기도 귀찮아진 보압딜은 그러라는 뜻으로 손을 흔들었다.

문이 열리면서 한 쌍의 남녀가 걸어 들어왔다. 여자 쪽은 온몸에 차도르를 두르고 있어 얼굴을 알아볼 수 없었다. 남자 쪽은 거적 같은 것을 걸치고 얼굴만 내놓고 있었다. 그 얼굴을 본 보압딜은 순간 실소를 터뜨렸다.

'허허, 사람이 저렇게 생길 수가 있나. 두상이 울퉁불퉁한 데다, 이목구비는 2차원 3차원이 섞인 것이 꼭 개그 만화 같구만.'

필요 없다고 말했지만, 청년의 독특한 생김새에 은근히 흥미가 동한 보압딜은 절을 올리는 두 사람을 향해 말을 꺼냈다.

"그래, 나를 웃겨 보겠다는 배짱 좋은 녀석

스페인-미국 전쟁
1898년, 당시 스페인 식민지였던 쿠바에서 독립 운동이 일어나자 미국이 이를 지원하면서 전쟁이 발발했다. 미국 내에서는 입김이 닿는 땅을 늘려야 한다는 확장주의 정서가 커져 가고 있었고, 이 것이 미국 정부로 하여금 스페인의 해외 영토를 노리도록 부추겼다. 필리핀과 쿠바를 무대로 벌어진 전쟁은 미국의 승리로 끝을 맺었다. 이 전쟁을 통해서 스페인은 쿠바와 필리핀, 푸에르토리코, 괌의 지배권을 미국에게 빼앗겼다.

164

들이 너희들이냐?"

"아뢰옵기 황공하오나, 전하."

희한한 두상의 청년은 머리를 땅에 조아린 채로 말했다.

"전하를 웃기는 것은 불가능합니다."

뜻밖의 말에 보압딜을 포함하여 그 자리에 있던 신하들 전원이 깜짝 놀랐다.

"뭣이? 여기까지 들어와 놓고 배째라 이거냐?"

"그런 것이 아닙니다. 전하는 지금 전쟁에 대한 걱정으로 머릿속이 꽉 차 계시온데, 어디 저희처럼 수준 낮은 광대들이 늘어놓는 만담이 통하기나 하겠사옵니까?"

"아니, 네가 그걸 어찌 아느냐?"

놀라는 보압딜을 향해 고개를 든 청년, 아니 노빈손은 부담스런 눈빛을 내뿜으며 말했다.

"어젯밤에 이상하게 심장이 뛰어 잠을 이룰 수 없기에 별을 보니, 이 땅의 주인이신 전하의 별이 유난히 깜박이고 있었습니다. 별빛이 깜박이는 것은 마치 졸린 사람이 머리를 까닥이는 것과 같으니, 전하께서 밤잠을 못 이루신다는 뜻이고, 전하께서 주무시지 못할 정도로 수심이 가득하다면, 전쟁 외에 또 무슨 화두가 있겠사옵니까."

청산유수로 줄줄 흐르는 노빈손의 대답을 들은 보압딜은 잠시 말문이 막혔다. 그때를 놓칠세라, 노빈손은 넙죽 고개를 숙였다.

"그러하오니, 전하. 아뢰옵기 황공하오나 전하의 수심을 풀 해결책 또한 점괘에서 찾게 해주십시오. 분명 운명의 빈틈을 찾아낼 수 있을 것이옵니다."

"이놈! 어디서 설익은 수작이냐!"

신하 중 한 명이 화를 내며 한 걸음 앞으로 나섰지만, 보압딜이 그를 말렸다.

"아니다, 저 점쟁이 녀석의 말도 한번 들어 보자꾸나. 어차피 다른 방도도 없지 않으냐. 들어 보고 돌팔이면 그때 처벌해도 늦지 않을 것이니라."

"엣헴!"

짐짓 커다랗게 기침을 한 노빈손은 품 안으로 손을 넣어 천천히 뭔가를 꺼내 들었다. 무척이나 신중한 그 동작에 사람들은 숨을 죽이고 그 손끝을 지켜보았다. 이윽고 노빈손의 손가락 사이에 걸려 나온 그것은…….

길가에서 뜯어 온 들꽃 한 송이였다. 보압딜이 노골적으로 어이없는 표정을 지으며 말했다.

"지금 무얼 하는 것이냐? 어디서 웬 풀을 꺾어 들고 와서는…….."

"어허~! 고대의 제왕들도 이 들꽃 한 송이만큼 차려입지 못했다고들 하지 않소! 꽃을 비웃는 자는 꽃에 망하는 법!"

무슨 얘긴지 알 듯 말 듯한 헛소리를 지껄인 노빈손은 꽃송이를 양손에 쥐고 높이 들어 올리면서 외쳤다.

"이것이 바로! 인류와 함께 생겨난 가장 유서 깊은 점술! 전 세계의 여인들이 자신의 운명을 엿보기 위해 전승해 온 비기!"

"?"

"꽃점이라는 것이오!"

엄숙하고도 당당한 노빈손의 선언에 주위 사람들은 그만 입을 다물어 버렸다. 노빈손은 푸닥거리를 하는 것처럼 꽃을 털면서 허공에 원을 그렸다.

"수리수리 마수리… 샬랑얄랑 빙글뱅글… 뽀롱뽀롱 뽀로롱…….."

알 수 없는 말을 중얼중얼거리던 노빈손은 이윽고 조심스런 동작으로 꽃잎을 하나씩 뜯어내기 시작했다. 입 안에서 웅얼대는 말소리는 주변에 거의 들리지 않았다.

"말숙이는 착하다… 아니다… 착하다… 아니다… 착하다……."

그리고 꽃잎이 하나 남았을 때, 노빈손은 뜯어낸 꽃잎들을 손에 쥐고 허공에 뿌리면서 찢어지는 목소리로 외쳤다.

"비비디 바비디 부!"

좌중이 흠칫하는 가운데, 노빈손은 뭔가 무서운 것을 본 것처럼 부들부들 떨었다.

"이… 이것은!"

"뭐냐? 왜 그러느냐?"

답답해진 보압딜이 채근했지만, 노빈손은 대답하지 않고 잠시 동안 우두커니 서 있었다. 그러다 갑자기 보압딜을 쳐다보며 외쳤다.

"전하! 이 별궁에서 제일 큰 아치, 그로부터 동쪽으로 열 걸음 정도 떨어진 땅 아래를 파 보십시오."

"뭐? 무슨 소리냐?"

"운명의 별이 그 바닥을 가리키고 있었습니다. 그 땅 아래에 계시가 될 만한 물건이 있는 게 틀림없사옵니다."

"여봐라! 거기 누구 없느냐!"

보압딜의 명에 따라 땅 밑을 조사한 병사가 뭔가를 들고 다시 돌아왔다. 그것은 방금 땅 속에서 나온 듯 흙이 묻어 있는 금빛 목걸이였다. 보압딜은 반신반의한 표정으로 그 장신구를 받아 들었지만,

흙 사이로 드러난 문장을 발견하고는 소스라치게 놀랐다.

"이, 이것은 카스티야 왕국의 문장……!"

"뭐, 뭐라구요?"

좌중이 술렁였다. 보압딜은 믿을 수 없다는 표정으로 목걸이를 뚫어져라 쳐다보았다.

"이 금빛 문양! 틀림없는 진짜다! 카스티야 왕족의 것이야!"

"어째서 그런 귀한 물건이 여기에?"

소란스러워지는 방 안을 정리하려는 것처럼 노빈손이 목소리를 높였다.

"그것이 점괘가 가리킨 운명! 800년 전 반도에 들어온 무어인들에 의해 쫓겨난 백성들과 왕족들의 원한이 이 땅에 아직도 숨 쉬고 있다는 뜻이오. 별궁이 세워진 이 자리 역시, 옛 왕족들이 수모를 당한 곳. 그 원한이 이 땅을 되찾기 위해 자신의 자손들을 여기로 불러들이는 것입니다."

"뭐라고? 그, 그럼 그 원한을 풀 방법은 없겠는가?"

사색이 된 보압딜이 노빈손에게 매달리듯이 물었다. 망설이는 것처럼 뜸을 들이던 노빈손이 대답했다.

"800년이나 된 집념입니다. 인간의 힘으로 어쩔 수 있는 운명이 아닙니다."

스페인의 개인주의

자기중심적이라고 하면 보통 안 좋은 뜻으로 사용되는 적이 많지만, 스페인에서는 그러한 거만함이 미덕으로 여겨진다. 스페인 사람들은 누군가에게 자신을 보이려는 것처럼 커다란 동작으로 걷거나, 대화할 때도 크게 소리를 지른다. 이렇듯 '이 몸은 천상천하 유아독존'이라고 생각하는 문화 때문에 의견 통일이 잘 안 된다는 약점이 있다. 일례로, 프랑코의 독재정부가 끝났을 때 새로 생겨난 당이 164개나 되었다고 한다.

"그럴 수가……!"

"하지만, 하늘이 무너져도 솟아날 구멍이 있다고 하지 않습니까. 잠시 기다려 주십시오. 해결책을 점쳐 보겠습니다. 흐읍!"

두 눈을 꼬옥 감은 채, 마치 변비에 걸린 사람처럼 온몸에 힘을 주며 용을 쓰던 노빈손이 이윽고 눈을 떴다. 모두들 긴장하며 몸을 굳혔다. 물을 끼얹은 것처럼 조용해진 방 안에 노빈손의 목소리가 흘러나왔다.

"살아날 방법은 단 한 가지……."

"?"

"그 후손들에게 이 땅을 평화롭게 되돌려 주시오. 그러면 무고한 희생 없이, 모두가 평화롭게 여기서 살아갈 수 있을 겁니다."

"뭐야? 미쳤나? 연합군이 우리를 순순히 받아 줄 것 같아? 그랬다간 연합군의 손에 우리 모두 죽을 거라고!"

신하 한 명이 펄쩍 뛰었다. 그 말을 받은 것은 노빈손 뒤에 있던 차도르를 쓴 여인이었다.

"그렇지 않소. 연합군에게도 무의미한 살육은 득이 되지 않습니다. 화평을 청하면 분명히 받아들일 것이오."

그 말에 고개를 끄덕인 노빈손이 보압딜을 보며 말했다.

"전하, 한시가 급합니다. 연합군이 그라나다에 들어온 뒤에는 이미 늦습니다! 꽃이 보여 준 마지막 희망입니다. 이를 따르지 않으면 어떤 운명이 뒤따를지 알 수 없습니다."

"그… 그렇군! 여봐라, 당장 알람브라 궁으로 갈 채비를 해라! 술탄께 이 사실을 보고해야겠다!"

"예!"

보압딜의 명령이 떨어지자 신하들은 분주히 움직이기 시작했다. 노빈손은 차도르를 쓴 여인 쪽을 슬쩍 돌아보며 씨익 웃어 보였다.

'어때요, 여왕님. 저만 믿으시라고 했잖아요.'

'휴우. 네가 배짱이 두둑한 건 알고 있었다만 사기도 잘 치는 줄은 미처 몰랐구나.'

차도르 뒤에 얼굴을 감춘 채 식은땀을 흘리고 있던 이사벨은 그제야 안도의 한숨을 쉬었다.

알람브라 궁전의 함정

보석처럼 아름답게 빛나는 그라나다의 중심, 알람브라 궁전. 나스르 왕조가 빚어낸 미학의 결정체인 알람브라 궁에서, 술탄인 무함마드 13세는 자신의 조카인 보압딜을 접견하고 있었다. 얼굴이 새빨개진 채 열을 올리는 보압딜과 달리 무함마드 13세, 즉 엘 사갈은 심드렁한 표정을 짓고서 이야기를 듣고 있었다.

보압딜이 조아리던 머리를 들었다.

"폐하! 이 전쟁은 이길 수 없는 싸움입니다. 무고한 피가 강처럼 흐르기 전에 현명한 판단을 내려 주시옵소서. 듣고 계십니까?"

"아아, 듣고 있고말고. 그런데."

지루한 듯 깜박이던 술탄의 눈이 예리하게 빛났다.

"그 예언은 분명 떠돌이 집시에게서 들었다고 했으렸다?"

"그렇사옵니다. 하지만, 그 집시가 가진 신통력은 예사로운 것이 아닙니다! 말씀드렸다시피 불신자들의 증표가 새겨진 목걸이를 찾아내고……."

보압딜은 뭐라고 더 말하려고 했지만, 술탄은 손을 흔들어 그 입을 막았다.

"부연설명은 그만 됐고. 그 점쟁이도 여기에 와 있나?"

"네? 아, 네. 저 뒤에……."

보압딜이 뒤를 돌아보았다. 엎드려 절하는 보압딜의 수행원들 사이, 문제의 집시 점쟁이는 터번을 쓴 채 고개를 바닥에 파묻고 있었다. 흐흥, 술탄이 비웃음을 흘렸다.

"그래, 저 자가 그렇게 용한 점쟁이라고?"

술탄이 오른손을 어깨 위로 들어 올렸다. 그와 동시에, 도열해 있던 병사들이 허리춤에 있던 칼을 일제히 빼어 들었다. 촤촤촹! 병사들은 일제히 보압딜과 점쟁이, 그 외 수행원들을 둘러싸고 칼을 겨누었다. 느닷없는 상황에 깜짝 놀란 보압딜이 허둥대며 말했다.

"폐, 폐하! 왜 이러십니까?"

"보압딜. 네가 심약한 줄은 진작부터 알고 있었다만, 어리석기까지 한 줄은 미처 몰랐구나."

"네?"

술탄이 혀를 끌끌 찼다.

"카스티야 왕조의 문장이라고? 800년 전, 우리들의 선조가 처음 이 반도에 발을 디뎠을 때 카스티야라는 왕국은 아직 있지도 않았다. 정복이 끝난 뒤 찾아온 혼란기에 카스티야 백작이 독립을 주장하면서 카스티야 왕국이 탄생하지 않았느냐. 너 역시 나스르 왕조의 혈통이거늘, 그 정도 역사 공부도 하지 않았단 말이냐?"

"네? 헉… 그러고 보니……."

그제야 점괘의 모순을 깨달은 보압딜이 입을 쩍 벌렸다. 술탄이 눈살을 찌푸렸다.

"보압딜, 너는 저 점쟁이의 맨 얼굴을 보았으렸다?"

"그, 그렇습니다만……."

보기 좋게 속은 것이 부끄러웠는지, 보압딜이 말끝을 흐렸다. 술탄의 불호령이 떨어졌다.

"역사만이 아니라 적국의 요인들에 대해서도 전혀 공부하지 않은 게로군? 기가 차는구나. 정녕 몰랐단 말이더냐? 저 독특한 두상의 위명을. 저 개성 넘치는 뒤통수는 카스티야 왕국의 여왕을 가장 가까이서 수호하는, 모험의 기사……."

술탄이 내리치듯이 단호하게 말을 맺었다.

"돈 빈손의 대머리가 아니더냐!"

보압딜의 뒤에 엎드려 있던 노빈손은 속

세계문화유산, 알람브라 궁전
가톨릭 세력에 시시각각 함락되어 가던 이슬람 세력이 마지막으로 남긴 아름다운 유산이다. 알람브라는 아랍어로 '붉은 성'이라는 뜻인데, 이름에서 느껴지듯이 원래 성채였다. 이후 궁전과 정원이 지어졌는데, 형언할 수 없을 만큼 아름다운 정원과 기하학적인 문양으로 장식된 궁전은 이슬람 문화의 정수를 보여 준다. '가장 가혹한 형벌은 알람브라에서 눈이 머는 것'이라는 말이 있을 정도로 환상적인 명소다.

으로 혀를 찼다. 이런, 다 들통 났군. 그동안 너무 공을 많이 세운 게 화근인가? 내 얼굴이 이렇게까지 유명했을 줄이야.

'에라, 갈 데까지 가보자!'

휘리릭! 술탄이 말을 끝내기가 무섭게 벌떡 일어선 노빈손은 터번을 벗어 던졌다. 접견실 한가운데에 반질반질하고 울퉁불퉁한 머리통이 번쩍이며 모습을 드러냈다. 접견실을 둘러싼 사람들이 탄성을 올렸다.

"말로만 듣던 카스티야의 기사 노빈손이 바로 저 자인가!"

"소문대로 머리카락이 네 가닥밖에 없군!"

"이런… 말도 안 되는……."

보압딜은 충격을 받은 듯 입만 뻐끔뻐끔거리고 있었다. 노빈손은 좌중의 가운데 의연하게 서 있었지만, 이빨이 캐스터네츠마냥 딱딱 부딪히는 것을 막을 수는 없었다. 진정해, 호랑이 굴에 들어가도 정신만 차리면 곶감을 얻는다고 했다! 노빈손은 침을 꿀꺽 삼켰다.

"무함마드 13세여! 전세는 기울었소. 더 이상 의미 없는 저항을 그만두고 항복하시오! 지금이라면 아직 늦지 않았소. 연합군은 종교의 자유와 재산의 보장을 약속할 것이니, 아무 죄도 없는 백성들을 생각하시오!"

"뚫린 입이라고 잘도 세 치 혀를 놀리는구나!"

술탄이 부리부리한 눈을 가늘게 뜨며 코웃음을 쳤다.

"어제까지는 그랬을지도 모르지. 하지만 지금 상황은 역전되었다. 널 붙잡았으니, 이제 연합군은 꼼짝없이 우리에게 백기를 들 수밖에 없어."

"바보 같은 소리! 기사 한 명 붙잡혔다고 연합군이 승복할 거라 생각하는가?"

노빈손이 반박했지만, 술탄은 까닥거리며 손가락을 흔들었다.

"누가 널 데리고 인질극을 한댔나? 여봐라, 저 여자를 붙잡아라!"

술탄의 손가락은 정확하게 차도르를 뒤집어쓴 이사벨 여왕을 가리키고 있었다. 기겁을 한 노빈손은 그쪽으로 달려가 여왕 앞을 가로막고 섰다. 등골에서 차디찬 식은땀이 흘렀다.

'허걱! 어떻게 술탄이 여왕님의 정체를 알고 있지?'

"왜 그러나, 돈 빈손? 그 여인이 무슨 중요한 인물이라도 되나?"

필사적으로 이사벨을 감싸는 노빈손을 본 술탄이 빈정거렸다. 노빈손은 어쩔 줄을 몰라 망설였다. 이런, 뭐라고 대답해야 되지?

"아니······. 이 분은 그냥 지나가던 엑스트라 A시다."

"호오, 그으래?"

술탄이 입가에 차가운 미소를 흘리며 말했다.

"그렇다면 내가 새로운 등장인물을 소개해야겠군."

술탄이 딱 하고 손가락을 튕기자, 누군가가 휘장을 젖히며 앞으로 걸어 나왔다. 가느다란 콧수염, 거만한 팔자걸음. 그 모습을 본 노빈손의 눈이 튀어나올 것처럼 커졌다.

"너··· 너는!"

"오랜만이군, 꼴뚜기!"

휘장 뒤에서 걸어 나온 사내는 증오의 눈빛을 활활 불태우며 노빈

손을 노려보았다. 물러서지 않고 그 시선을 맞받던 노빈손이 천천히
뒷말을 이었다.

"…누구시더라?"

휘청, 충격에 잠시 비틀거리던 사내는 노빈손을 보며 버럭버럭 악
을 썼다.

"야, 이 자식아! 설마 내 얼굴을 잊은 거냐? 프랑코라구! 너랑 이
사벨 공주를 잡으러 쫓아다니던!"

"아~아. 이제 기억나네요. 미안. 너무 오래전 일이라서……."

노빈손이 머쓱한 표정으로 뒷머리를 슥슥 긁었다. 그 모습에 더

열이 오른 프랑코가 침을 튀겨 가며 열변을 토했다.

"요 꼬마 녀석! 그때 네놈이 훼방을 놔서 내가 얼마나 고생했는지 알기나 해? 기사 작위도 박탈당하고, 취직도 못 하고, 일용직도 못 얻고! 순식간에 거지가 됐다고! 네 녀석의 그 웃기는 두상을 하루라도 잊은 날이 없었다!"

바락바락 악을 쓰던 프랑코가 비열한 웃음을 띠었다.

"그래서 너와 이사벨 여왕이 그라나다로 간다는 걸 알았을 때, 난 즉시 이리로 달려왔지! 그리고 여기 계신 술탄께 모든 것을 고하고, 네놈들이 여기로 오기만을 기다리고 있었다, 이 말이다. 알겠냐?"

'허걱, 그럼 이건 전부 함정이었다는 말이잖아? 이런! 어떡하지?'

이 순간 노빈손은 자신의 경솔함을 원망할 수밖에 없었다. 자신의 부주의로 여왕님마저 위험에 빠뜨리다니!

프랑코의 수다를 잠자코 내버려 두던 술탄이 손을 들어 올렸다.

"이제 알겠느냐? 아무리 발버둥 쳐 봤자 이미 늦었다는 것을. 너야말로 저항하지 말고 순순히 항복하는 게 좋을 거다! 후후후……."

"폐하! 제발… 목숨만 살려 주십시오!"

혼비백산한 보압딜은 술탄의 발아래 엎드린 채 떨고 있었다. 어느새 수행원들은 다 도망쳤는지, 병사들에게 포위당한 것은 이

허세의 지존

스페인 사람들은 수입의 3분의 1을 먹고 마시고 피우는 데 쓴다. 게다가 으스대고 싶어 하는 마음에 사치도 엄청나다. 중하층 계급의 가족들이 와글와글 앉아서 최고급 요리를 주문하는 광경은 드물지 않게 볼 수 있다. 식사가 끝나면 아주 만족한 듯한 남자 한 명이 계산서도 보지 않고 돈을 지불한다. 설령 그 가격이 자기 월급의 반일지라도! 스페인에서 서로 자기가 계산하겠다며 사람들이 다투고 있다면 그건 겉치레가 아니라 진심이다.

제 노빈손과 이사벨뿐이었다. 사방에서 호전적인 날붙이들이 조금씩 가까워지고 있었다. 노빈손은 온몸이 싸늘하게 굳는 것을 느꼈다. 등 뒤에서 이사벨이 속삭였다.

"노빈손, 어쩔 작정이냐?"

"죄송해요, 여왕님. 저도 도대체 어찌해야 좋을지……."

쿵!

그때였다. 느닷없이 묵직하고 커다란 천둥소리 같은 것이 바깥에서 들려왔다. 보압딜, 병사들, 노빈손까지도 모두 깜짝 놀라 고개를 돌렸다. 당황한 술탄이 외쳤다.

"뭐냐? 이게 무슨 소리냐?"

휘리리리릭~ 쿵!

연이어서 소리가 났다. 노빈손은 발아래로 전달되어 오는 미약한 울림을 느낄 수 있었다. 이 울림은 겁에 질려서 달달 떨고 있는 두 다리에서 비롯된 것이 아니었다. 밖에서 뭔가가 날아 오고 있었다. 이건…….

노빈손은 외마디 탄성을 질렀다.

"대포다!"

콰과광~!

그 말에 화답이라도 하듯, 다시금 커다란 소리가 들렸다.

쾅! 접견실 문을 열어젖히는 요란한 소리와 함께 전령 한 명이 뛰어들어 왔다.

"폐하! 연합군입니다. 연합군이 성벽을 대포로 공격하고 있습니다!"

"뭐? 대포라니, 그게 무엇이냐?"

술탄의 비명 같은 물음에 전령이 답하기도 전, 또다시 커다란 포격음이 들려왔다. 전령은 술탄 앞으로 황급히 달려가 말을 이었다.

"그것이, 저희도 잘 모르겠…을 리가 있냐!"

"허억?"

술탄의 앞에 절하려던 전령은 갑자기 날렵하게 뛰어오르며 술탄을 붙잡았다. 실로 눈 깜짝할 사이에 이루어진 동작이었다. 놀란 호위병들이 서둘러 술탄의 곁으로 다가가려 했지만, 술탄을 붙잡은 전령이 커다랗게 호통을 쳤다.

"모두 움직이지 마! 너희들의 술탄을 살리고 싶다면!"

헉! 이 목소리는?

그제야 그 전령의 얼굴을 제대로 본 노빈손이 탄성을 올렸다. 뒤에 서 있던 이사벨이 차도르를 벗으며 외마디 비명을 질렀다.

"여보!"

술탄을 붙잡고 있는 것은, 놀랍게도 무어인 전령의 옷차림을 한 페르난도 왕이었다. 뜻밖의 대치 상황에 주춤하는 병사들을 향해 페르난도가 일갈했다.

"물러서라! 이미 그라나다는 함락되었다. 쓸데없는 희생은 원하지 않으니 얌전히들

바르셀로나 올림픽
1992년, 스페인의 바르셀로나에서 제25회 올림픽이 열렸다. 1972년 뮌헨 올림픽 이후 IOC 전 회원국이 참가한 대회였다. 우리에게는 남자 마라톤에서 황영조가 금메달을 딴 올림픽으로 기억되고 있다. 대한민국의 이름으로 올림픽 마라톤에서 획득한 최초의 금메달이며, 대한민국 국민으로서는 손기정 이후 56년 만에 금메달을 따낸 마라톤이었다.

179

있거라!"

그 말과 동시에 바깥에서 연합군의 병사들이 우르르 몰려들어 왔다. 안에 있던 나스르 왕조의 병사들은 하나 둘 무기를 버리고 항복했다. 그제야 칼끝에서 무사히 해방된 노빈손은 안도의 한숨을 쉬었다. 그런 노빈손을 뒤에서 꼬옥 끌어안은 이사벨이 반질거리는 머리통에 뽀뽀를 퍼부었다.

"여, 여왕님!"

"이번엔 정말 일 나는 줄 알았다, 노빈손! 이런 무모한 녀석 같으니!"

"헤헤, 제 머리가 한 무모 하잖아요."

살아난 기쁨을 만끽하고 있는 두 사람을 향해 페르난도가 다가왔다. 노빈손에게서 이사벨을 채가듯이 들어 올린 페르난도는 한숨을 푹 쉬며 그녀를 꽈악 껴안았다.

"두 사람 다 무사해서 다행이오. 내가 얼마나 걱정했는지 알기나 하오?"

"미안해요, 여보. 구해 줘서 정말 고마워요!"

이사벨이 배시시 웃으면서 쪽 소리가 날 만큼 정열적으로 페르난 도에게 입을 맞추었다. 얼굴이 빨개진 페르난도는 흠흠 헛기침을 하더니 무서운 눈으로 노빈손을 노려보았다.

"돈 빈손! 자네가 모험을 좋아하는 줄은 진작부터 알고 있었네만, 정녕 기사의 본문마저 잊었는가? 그대의 주군이자 짐의 레이디인 사람을 이런 사지로 끌고 오다니, 이 대가는 본국에서 단단히 치러야 할 것이야!"

"그, 그건 오해세요! 저야말로 이사벨 여왕님 때문에 이런 생난리를 겪게 된 건데……!"

억울함을 호소하는 노빈손의 목소리와, 가톨릭 부부 왕의 호탕한 웃음소리가 알람브라 궁을 뚫고 멀리멀리 울려 퍼졌다.

그것은 이베리아 반도의 재통일을 알리는 신호탄이자, 전 세계 바다를 호령하게 될 강국 에스파냐의 탄생을 축복 하는 소리이기도 했다.

에필로그

    화려하고 아름다운 천장 아래 펼쳐진 접견실에서, 크리스토발 콜론, 훗날 '크리스토퍼 콜럼버스'라는 영어식 이름으로 더 유명해지는 청년이 정중히 무릎을 꿇고 있었다.

    황금빛 옥좌에 자리한 이사벨 여왕은 호기심 어린 눈으로 콜론을 내려다보았다. 콜론은 드레스를 차려입고 화장한 이사벨 여왕을 알아보지 못하는 모양이었다.

    "그렇습니다, 여왕님. 지구는 평평하지 않습니다. 오히려 둥그렇습니다. 그러니, 분명히 서쪽으로 가면 인도를 발견할 수 있습니다. 제게 약간의 후원과 자비심을 허락해 주신다면, 제가 세상의 끝이란 없다는 것을 증명해 보이겠습니다. 그리고 기자회견을 할 때 여왕님께 이 공로를 돌리겠습니다. 그러니……."

    "알겠다."

    이사벨이 선선히 대답하자, 콜론이 놀란 얼굴로 고개를 치켜들었다.

    "아신다뇨?"

"내가 그 탐험의 후원자가 되겠다. 걱정 말고 준비하도록 하여라."

"네?"

후원자를 찾기 위해 유럽의 방방곡곡을 돌았고, 그때마다 퇴짜를 맞았던 콜론은 너무도 간단히 떨어진 승낙에 어리벙벙한 표정을 지었다.

"아니, 정말 후원하시겠다구요?"

"그래."

"진짜로요? 제가 할 말은 아닙니다만, 이제까지 찾아갔던 다른 왕국에서는 전부 미친 소리라며 제 부탁을 거절했습니다. 그런데 여왕님은 어찌 그리도 선선히 받아들이십니까?"

이사벨 여왕은 콜론을 보며 생긋 웃었다.

"그 세상의 끝에서 온 최고의 모험가가 내 친구이기 때문이니라."

노빈손이 떠난 후 스페인에서는?

우아~ 봤어? 봤어? 이사벨 여왕님이 나를 '세계 최고의 모험가'라고 했다고! 헤헤헤, 나 노빈손, 전 세계의 바다를 누비는 최강 국가 스페인의 여왕님께 인정받은 몸이라니까.

저 시절의 스페인은 정말 굉장했지. 바다에는 무적함대가 있지, 대륙에는 온통 식민지지. 그야말로 유럽에서 제일 잘 나가는 나라였다고.

그런데 그 뒤에 무슨 일이 있었냐고?

표류하던 스페인

이사벨 여왕이 죽고 백 년가량이 흐른 뒤의 일이야. 세계 최강이던 무적함대가 영국의 함대에게 졌어. 그 뒤로 세계의 바다는 영국이 주름잡게 되었지. 반면 스페인은 누가 왕이 될 것인가를 놓고 싸우질 않나, 프랑스의 나폴레옹이 쳐들어오질 않나, 아메리카 대륙의 식민지가 스페인으로부터 독립을 하는 등 바람 잘 날이 없었어. 그러면서 예전처럼 떵떵거리던 모습을 잃게 되지.

그러다 20세기가 되자, 스페인 사람들은 왕이 다스리는 제도를 없애고 민주주의를 기반으로 하는 공화국을 세우기로 결정해. 그를 위해서 부자들의 땅과 재산을 다른 사람들에게 나누어 주려고 했지만, 잘되지 않았지. 오히려 부자들과 서민들의 갈등만 커지고 말았어.

스페인 내란과 프랑코

1936년, 토지 개혁을 주장하는 정부를 반대하던 세력이 결국에는 반란을 일으켰어. 프랑코 장군과 그 뒤를 따르는 군인들이 반란의 주인공이었지. 이 때문에 스페인은 3년 동안 정부파와 군부파로 갈

라져서 전쟁을 치르게 되는데, 이를 '스페인 내전'이라고 한단다.

프랑코는 독일의 독재자 히틀러와 이탈리아의 무솔리니로부터 몰래 도움을 받았어. 어떤 도움을 받았냐고? 가장 유명한 건 '게르니카' 사건이지.

스페인의 '게르니카'라는 도시를 점령하려던 프랑코는, 히틀러에게 그 도시를 대신 폭격해 달라고 부탁했어. 히틀러는 즉시 나치의 공군을 보내 그 도시를 쑥대밭으로 만들었고, 그 과정에서 수백 명

의 스페인 사람들이 죽었단다. 프랑코는 폭격 이틀 후에 게르니카를 점령할 수 있었어.

당시 파리에서 이 소식을 접한 화가 피카소는 이 끔찍한 사건에 대한 분노를 〈게르니카〉라는 그림 속에 담아냈단다. 어느 독일군 장교가 피카소에게 찾아와 "당신이 〈게르니카〉를 그린 사람이오?"라고 묻자, "아니오. 〈게르니카〉를 그린 사람은 바로 당신들이오."라고 대

답했다는 일화가 남아 있어.

하지만 프랑코만 도움을 받은 건 아니었단다. '스페인의 민주공화국을 지켜야 한다.'라는 생각을 가진 여러 나라 사람들이 스페인으로 모여 들었거든. 53개 국가에서, 약 3만 명의 사람들이 달려와 스페인 정부를 도와 싸우겠다고 했지. 이들을 '국제 여단'이라고 해.

국제 여단은 사람들을 탄압하고 스페인을 자기 마음대로 하려는

프랑코가 위험인물이라고 생각했어. 히틀러도 그렇고, 프랑코도 그렇고, 잘못하면 전 유럽에 그러한 독재자들이 계속 나타날지도 모르기 때문에, 자신의 조국도 아닌 스페인의 전쟁에 목숨을 걸었던 거야. 이 중에는 직접 전투에 참가한 조지 오웰이나 후방에서 지원한 헤밍웨이 같은 당대의 지식인들도 끼어 있었대.

하지만 필사적인 저항에도 불구하고 결국 스페인 사람들은 프랑코의 군대에 지고 만단다. 그리고 프랑코의 독재 정부가 스페인을 다스리게 돼. 그 때문에 2차 세계대전이 끝나고 히틀러가 패망한 뒤, 프랑코가 다스리는 스페인은 유럽 국제 사회에서 왕따 비슷한 처지가 되어 버렸지.

스페인의 재도약

1975년 프랑코가 죽은 후, 스페인은 그의 유지에 따라 다시 왕을 갖는 나라가 되었어. 그리고 왕으로 추대된 후안 카를로스 1세가 스페인의 민주화와 시민들의 자유를 적극 지지하면서 상황은 조금씩 바뀌기 시작해.

사람들은 처음에 '독재자 프랑코가 남기고 간 왕족이 과연 이 나라를 올바로 이끌 수 있을까?' 하고 의심했다더군. 하지만 후안 카를로스 1세는 훌륭하게 스페인을 이끌었어. 1986년 드디어 유럽 경제 공동체(EU)에 가입하며 경제를 개방하고 국제 사회에 참여하더니, 한때는 이라크와 비슷할 정도로 가난했던 국민 소득이 2004년에는 2만 달러를 돌파할 정도로 뛰어올랐다니까.

현재 스페인은 예전 식민지였던 라틴 아메리카와 외교 관계를 돈 독히 유지하고 있고, 스페인계 혈통(히스패닉계)의 주민에 대한 관심도 상당히 높은 편이야. 스페인어를 사용하는 히스패닉계 시민의 영향력을 무시할 수 없다는 건 이미 부정할 수 없는 사실이지. 중국어, 영어 다음으로 가장 널리 쓰이는 언어가 스페인어라는 사실만 봐도 짐작할 수 있지 않아?

반대로 여러 문제를 안고 있는 라틴 아메리카 국가들에게는 스페인이 독재 국가에서 민주 국가로 발전한 모범적인 사례로 꼽히고 있지. 전쟁과 독재 등 여러 사건 때문에 오랫동안 못 박혀 있었던 만큼, 앞으로의 가능성이 무궁무진한 나라가 바로 스페인이니 지켜봐 주길 바라!

부록 스페인 역사 한눈에 살피기

태양과 정열의 땅, 낭만과 열정의 나라 스페인! 스페인을 떠올리면 언제나 따라붙는 단어들처럼, 스페인은 그 역사마저도 늘 격정적이었어. 정복자와 피정복자의 역사를 되풀이해 가면서 숱한 부침을 겪었지. 역사학자들을 대상으로 세계사에 가장 큰 영향을 끼친 나라를 뽑으라면, 주저 없이 스페인을 뽑을 만큼 스페인은 세계사를 공부함에 있어 꼭 알고 넘어가야 할 나라이기도 해.

중세 시절까지 스페인은 '세상의 끝'에 위치한 유럽의 후미진 나라였지만, 신대륙의 발견과 함께 현재의 미국에 버금가는 강대국으로 발돋움하게 돼. 바로 이 대항해시대를 배경으로 라틴 아메리카 대륙이 비로소 세계사의 무대에 등장하기 시작해. 세상의 끝에서 또 다른 '세상의 시작'이 열리게 된 셈이지!

라틴 아메리카의 거의 모든 나라가 스페인어를 쓰고 있다는 것이 지금도 그 사실을 증명하고 있다는 거 앞에서 살펴봤지? 어때? 이렇게 생각하니, 스페인만큼 세계사에 큰 영향을 끼친 나라도 정말 없는 것 같지? 스페인을 주인공으로 한 그 격정의 역사에 호기심이 솟는 친구들을 위해, 부족하지만 스페인 연대기를 준비해 보았어.

고대 및 중세	B.C. 5000년대	이베리아 반도에 신석기 시대 시작
	B.C. 1000년대	페니키아인, 이베리아 반도에 상업기지 건설
	B.C. 220	카르타고인의 이베리아 반도 지배
	B.C. 218	제2차 포에니 전쟁, 카르타고를 제압한 로마제국군,
		이베리아 정복 개시
	B.C. 38	로마제국, 히스파니아(이베리아 반도) 편입령 공포
		아우구스투스, 히스파니아를 3주로 분할
	A.D. 64~66	기독교 성인 성 바로로, 이베리아에 기독교 전파
	415~507	서고트족, 이베리아 반도로 이동, 서고트 왕국의 성립
	711	이슬람교도의 이베리아 반도 침공, 서고트 왕국 멸망
	930	카스티야 왕국 성립
	1037	카스티야 왕국, 레온 병합
	1059	프랑스, 이베리아 반도 진출
	1094	전설의 명장 엘 시드, 발렌시아(스페인 동부) 정복
	1118	아라곤 왕국의 사라고사(스페인 북동부) 정복
	1137	아라곤-카탈루냐 연합왕국 결성
	1282	아라곤 왕국의 시칠리아 점령
근대	1469	카스티야의 이사벨과 아라곤의 페르난도 결혼
	1474	이사벨 1세, 카스티야 왕국의 왕위계승
	1479	페르난도 2세, 아라곤 연합왕국 왕위계승
		카스티야-아라곤 연합왕국의 정치적 통일
	1481	레콩키스타(국토회복운동) 개시
	1492	콜럼버스의 신대륙 발견, 그라나다 왕국 멸망
	1494	포르투갈과 라틴 아메리카 식민지 분할에 관한
		토르데시야스 조약 체결
	1502	이슬람교도 국외추방
	1519	스페인 정복자 코르테스, 멕시코 정복. 아즈텍 문명 조우
	1520	아즈텍 제국 멸망
	1531	스페인 정복자 피사로, 페루에 상륙. 잉카 문명 조우
	1533	잉카 제국 멸망
	1571	필리핀 마닐라에 식민 기지 건설.
		지중해의 패권을 노린 투르크 군에 맞서 레판토 해전 승리
	1581	펠리페 2세, 포르투갈 왕위계승으로 포르투갈 병합
	1588	무적함대, 도버 해전에서 영국에 패배. 제해권 상실
	1668	리스본 조약으로 포르투갈 독립 승인
	1704	영국, 지브롤터 점령
	1753	로마 교황청과 정교 조약 체결

	1761	영국, 스페인 식민지였던 쿠바와 필리핀 정복
	1763	파리 조약으로 쿠바 및 필리핀을 회복하고 영국에 플로리다 양도
	1783	베르사유 조약 체결, 플로리다 회복
	1808	나폴레옹의 침략에 맞서 전국적인 스페인 독립 운동 전개
	1814	나폴레옹 몰락, 스페인 왕정 복고
	1819	플로리다를 미국에 매각
	1821	멕시코 독립 선언, 라틴 아메리카 식민지 국가들의 독립 개시
	1865	칠레와 페루를 상대로 한 태평양 전쟁 발발
	1868	쿠바 식민지에서 전쟁 발발
	1869	스페인 노조 국제노동기구에 가입
	1876	보통선거 실시
	1890	모로코 식민지에서 반란
	1891	보호무역관세 시행
	1896	필리핀에서 독립 운동 전개
	1898	스페인-미국 전쟁으로 쿠바, 필리핀, 푸에르토리코 상실(식민 제국 종말)
	1914~1918	제1차 세계대전, 스페인의 중립 선언
	1923	프리모 데 리베라 장군의 군사 쿠데타
	1930	프리모 데 리베라 독재 붕괴
현대	1936	스페인 내전 발발
	1937	독일군의 게르니카 폭격
	1939~1945	스페인 내전 종식, 프랑코 집권, 제2차 세계대전 발발, 중립 선언
	1943	국회 개원
	1945	스페인 국민헌장 공포
	1946	국제연합, 스페인에 대한 외교 단절 권고
	1953	바티칸과 화친 조약 체결
	1955	국제연합 가입 승인
	1956	모로코 독립 승인
	1969	프랑코, 후계자로 후안 카를로스 지명
	1975	프랑코 사망, 후안 카를로스 국왕 즉위
	1976	국회, 새로운 정치개혁법 승인으로 민주주의 재건
	1977	1936년 이후 최초의 민주선거 실시
	1978	후안 카를로스 국왕, 신헌법 재가
	1986	EC(EU의 전신)에 가입
	1993	EC 단일시장 출범
	1992	제25회 바르셀로나 올림픽 개최